T0017569

Cristian Perfumo escribe thrillers ambientados en la Patagonia, lugar donde se crio. Sus novelas cuentan con decenas de miles de lectores en todo el mundo. Con *El coleccionista de flechas* (2017), ganó el Premio Literario de Amazon, al que se presentaron más de 1.800 obras de autores de 39 países.

Rescate gris fue finalista del Premio Clarín de Novela 2018, uno de los galardones literarios más importantes de Latinoamérica. Sus libros han sido traducidos a varios idiomas y publicados en formato audiolibro. Tras vivir mucho tiempo en Australia, Cristian reside en Barcelona.

Para más información, puedes consultar la página web del autor:

www.cristianperfumo.com

También puedes seguir a Cristian Perfumo en sus redes sociales:

📷 @perfumo_cristian

🐦 @cristianperfumo

📘 Cristian Perfumo

Biblioteca

CRISTIAN PERFUMO

Rescate gris

DEBOLS!LLO

Papel certificado por el Forest Stewardship Council®

MIXTO
Papel procedente de
fuentes responsables
FSC® C117695

Penguin
Random House
Grupo Editorial

Primera edición en Debolsillo: mayo de 2023

© 2021, Cristian Perfumo
© 2021, 2023, Penguin Random House Grupo Editorial, S. A. U.
Travessera de Gràcia, 47-49. 08021 Barcelona
Diseño de la cubierta: Lauren at www.thecovercollection.com
Imagen de la cubierta: © The Cover Collection

Manuscrito original editado por Trini Segundo

Printed in Spain – Impreso en España

ISBN: 978-84-663-7004-2
Depósito legal: B-5.681-2023

Compuesto en Punktokomo, S. L.
Impreso en Novoprint
Sant Andreu de la Barca (Barcelona)

P370042

Tanto la erupción del volcán Hudson en agosto de 1991 como todos los escenarios que forman parte de esta novela son reales.

Este libro está dedicado a todos los que mordimos el polvo durante aquellos días. En otras palabras, a todas las aves fénix.

Capítulo 1

Martes, 13 de agosto de 1991, 7:30 a. m.

El primero en avisarme de que algo no iba bien fue mi despertador a cuerda. No por el sonido, idéntico al de cualquier otra mañana, sino porque cuando estiré la mano para silenciarlo, me lo encontré cubierto de polvo. Parecía que nadie lo hubiera limpiado en años.

Al encender la pequeña lámpara junto a la cama, descubrí que una especie de niebla blanca flotaba en el aire.

Olía a azufre.

—Graciela, ¿qué pasó? —dije.

Pero a mi lado el colchón estaba vacío. Rarísimo, porque Graciela terminaba de dar clases en la escuela

9

para adultos a las once y media de la noche y difícilmente se iba a la cama antes de la una. En los siete meses que llevábamos viviendo juntos, nunca se había despertado antes que yo.

—Amor, ¿dónde estás? —la llamé alzando la voz.

No hubo otra respuesta que el sonido de las ráfagas de viento chocando contra el techo de chapa. Me levanté de la cama dispuesto a salir de la habitación, pero me detuve en seco al ver que la cómoda también estaba cubierta de tierra. Le pasé un dedo por encima, trazando un recorrido en forma de ese sobre la madera lustrosa. El polvillo gris que recogí era fino como el talco y mucho más áspero que el que se acumula en los rincones por falta de plumero.

—Graciela, ¿qué pasó? —grité.

Recorrí con grandes zancadas el pasillo que llevaba a la cocina-comedor, pero no la encontré ahí, ni en el baño, ni en la otra habitación.

—¡Graciela! —volví a llamarla después de revisar toda la casa, ya sabiendo que era inútil.

Regresé a la cocina, donde el polvo también cubría cada mueble, cada adorno, cada centímetro como si durante la noche alguien hubiera abierto una bolsa de cemento frente a un ventilador. Toqué la pava de acero inoxidable en la que Graciela calentaba el agua para sus mates todas las mañanas y la encontré helada. En el perchero, junto a la puerta del comedor, faltaba su abrigo.

Un ruido en el patio delantero me hizo acercarme a la ventana. A pesar de que todavía era de noche, noté que el portón de madera que daba a la calle estaba abierto. El viento, que aquella mañana soplaba igual de fuerte que siempre, lo hacía dar latigazos contra la verja.

Sin embargo, aquel pedazo de madera sacudiéndose como movido por una mano invisible era apenas un detalle. Lo verdaderamente inusual era la ausencia de colores en el patio. A las caléndulas, las únicas plantas que un pésimo jardinero como yo podía mantener vivas en el frío patagónico, les faltaba el naranja de los pétalos y el verde de las hojas. Asomarme a la ventana fue como ver una oscura foto en blanco y negro de nuestro jardín. Todo el color había quedado sepultado bajo ese polvo que caía del cielo como una nevada gris.

Intenté no perder la calma, repitiéndome que tenía que haber una explicación lógica para lo que pasaba afuera y para la ausencia de Graciela. A lo mejor todo aquello no era más que un sueño.

Una ráfaga de viento empujó la ventana amenazando con abrirla. El polvo que trajo consigo emitió un siseo rápido al chocar contra el vidrio. Entonces distinguí las pisadas de una única persona alejándose de la casa por el caminito de hormigón que atravesaba el jardín.

Cuando abrí la puerta, miles de partículas me golpearon la cara haciéndome lagrimear al instante. Parpadeando sin control, hice un esfuerzo por concentrarme en las huellas, que sin duda eran de las zapatillas de mi mujer. Atravesaban el portón de la verja y continuaban en la misma dirección, perpendicular a la fachada de la casa, para desaparecer un par de metros más adelante en la franja de tierra rocosa que separaba la calle de la vereda. Ahí la superficie era demasiado irregular para distinguir nada.

De todos modos, quedaba claro que Graciela no había bajado al asfalto, porque las únicas huellas que había ahí eran de unos neumáticos que se acercaban a mí y luego volvían a alejarse para continuar por el medio de la calle.

El corazón empezó a latirme un poco más rápido. En plena tormenta de ese extraño polvo, Graciela había salido de casa y se había subido a un vehículo. La historia que contaban todas esas marcas no admitía otra explicación.

Maldije haber llevado mi auto al taller y eché a correr tras el rastro de las ruedas. Treinta metros más adelante, al pasar frente a la casa de mi vecino Fermín Almeida, noté su silueta recortada en la ventana de la cocina. Como casi siempre, estaba sentado en una silla mirando para afuera. Al verme, levantó una botella y bebió un trago.

A pesar de que tenía el viento de espaldas, la irritación en los ojos me arrancó unas cuantas lágrimas más antes de superar la esquina de la casa de Fermín. Me pasé la mano para secármelas y noté un efecto abrasivo sobre la piel. Los dedos me quedaron marrones, como si los acabara de meter en el barro.

Continué corriendo durante trescientos metros. Al llegar a la calle San Martín, la principal de Puerto Deseado, estuve a punto de convencerme de que estaba soñando. El centro del pueblo estaba absolutamente desierto, como si acabara de estallar una bomba nuclear.

El nudo que tenía en el estómago se me cerró un poco más al ver que el par de huellas que venía siguiendo se unía a varias otras. No eran más de una docena, pero resultaban suficientes para que me fuera imposible distinguir cuáles pertenecían al vehículo que había recogido a Graciela.

—¿Dónde estás? —pronuncié por lo bajo.

Sin saber qué hacer, giré sobre mis talones y volví a casa lo más rápido que me permitió el viento en contra. Antes de entrar, eché una última mirada a la postal desoladora en la que se habían convertido las calles de mi pueblo. En el halo redondo y amarillento de un farol del alumbrado público vi cómo caían a raudales kilos y kilos de aquel polvo gris que lo cubría todo.

Tenía que estar soñando. ¿En qué lugar del mundo se había visto que lloviese tierra?

Cuando me saqué el abrigo dentro de casa, cayeron a mis pies puñados de polvo. Me llevé una mano a la cabeza y noté el pelo duro. En el baño, la imagen que me devolvió el espejo me dejó paralizado. Tenía el pelo, la cara y hasta las pestañas grises, como si me hubieran maquillado para actuar de estatua viviente. Solo en mis mejillas, donde las lágrimas se llevaban el polvo, se revelaba el verdadero color de mi piel.

Me lavé la cara hasta que el agua que goteaba de mi barbilla dejó de ser de color marrón. Después puse los ojos debajo del chorro y parpadeé intentando calmar un poco el ardor. Por último, me enjuagué la boca pastosa y escupí una arenilla oscura que me hizo recordar una visita al dentista.

Volví a mirarme al espejo. Los ojos habían dejado de producir lágrimas y ahora me devolvían una mirada inyectada en sangre. El pelo seguía empolvado, y por el cuello me chorreaban gotas pardas.

¿Qué estaba pasando? ¿Qué era ese polvo gris que se tornaba marrón al entrar en contacto con el agua?

Me dirigí hacia el comedor con intención de encender la radio, pero antes sonó el teléfono.

—Hola.

—Raúl Ibáñez, ¿cómo estamos? Qué día raro, ¿no?

La voz, exageradamente nasal, tenía el deje áspero de muchos años de tabaco y alcohol.

—¿Quién es?

—Lo de raro no lo digo solamente por la ceniza. ¿Te falta algo en casa?

—¿Quién habla?

—Vayamos al grano, Ibáñez. Ni a vos ni a mí nos interesa perder el tiempo. Tu mujer está bien, no te preocupes que todavía no le hicimos nada.

Me quedé petrificado, incapaz de responder.

—¿Qué hiciste con los tres millones de dólares?

Un escalofrío me recorrió la espalda. Ahora sí entendía quién me llamaba.

—Se los devolví a la policía —dije.

—Una parte, sí. Pero ¿qué hiciste con el resto?

—¿Qué resto?

—No te hagas el vivo, Ibáñez. Sabemos que a la policía le devolviste la mitad. Si no nos das el millón y medio con el que te quedaste, no ves nunca más a tu mujer.

—No. No, esperá. Hay un error. Yo le devolví toda la plata a la policía. Tres millones de dólares.

—¿Sabés qué, Ibáñez? —dijo casi sin dejarme terminar la frase—. Vamos a mantener el honor de caballeros. Te creo. Pero ahora tenemos a tu mujer y pedimos un millón y medio a cambio. No tiene nada que ver con el dinero que nosotros pensamos que nos robaste, te lo aseguro.

La inflexión sarcástica que el tipo dio a su voz gangosa me causó repulsión. Mis dedos se cerraron sobre el auricular con la fuerza con la que hubieran apretado su garganta.

—Si le tocan un pelo…

—No, no, no, no, no, Ibáñez. Te voy a explicar cómo funciona un secuestro en la vida real: el secuestrador pide, el familiar del secuestrado cumple. Tu papel es cumplir, Ibáñez, no decirme que me vas a matar si le pasa algo a tu mujer. Eso dejalo para los héroes de las películas.

—¿De dónde quieren que saque yo un millón y medio de dólares? Soy enfermero, y para llegar a fin de mes hago trabajos de soldadura.

—Entiendo que no va a ser fácil despedirte de una fortuna así. Por eso te voy a dar veinticuatro horas.

—¿Despedirme? No, te repito, hay un error. Yo no me quedé con un solo…

—Te daría más tiempo, pero no veo la hora de irme de acá. En la radio dicen que no se sabe cuánto tiempo puede pasar hasta que se disipe esta ceniza de mierda.

—¿Ceniza? —dije, pensando en voz alta.

—Si querés información, prendé la radio, Ibáñez. No soy un noticiero. Yo estoy acá para que devuelvas la guita y recuperes a tu mujer.

—De verdad, te juro que hay un error. Yo le devolví todo a la policía. No me quedé ni un solo billete…

—Tenés veinticuatro horas —me interrumpió—. No las malgastes tratando de convencerme. Andá a buscar la guita donde sea que la tenés escondida y no hables de esto con nadie. Mucho menos con la policía, porque nos vamos a enterar entonces, *pum*. Chau, Graciela, ¿entendés? Te llamo dentro de dos horas.

Antes de que pudiera decirle nada más, colgó.

Capítulo 2

Jueves, 6 de diciembre de 2018, 7:30 a. m.

«Antes de que pudiera decirle nada más, colgó». Termina de teclear la frase en la máquina de escribir y saca la hoja del carrete. Le duelen un poco los dedos. Normalmente, lo más largo que escribe son *e-mails*. Además, teclear en una Olivetti no se parece en nada a hacerlo en una computadora. Es como pasarse de su Audi a un coche sin dirección asistida.

Se levanta de la silla y le crujen las rodillas. «Después de los cincuenta, si no te cruje algo es porque estás muerto», oyó decir por ahí. Y él tiene cincuenta y cinco. «Increíble que ya tenga cincuenta y cinco», piensa.

Se frota las rótulas con las manos, un poco porque le duelen y otro poco porque de la cintura para abajo es un cubito de hielo. No le vendría mal que el calefactor que tiene a un par de metros funcionara, pero la casa en la que se metió lleva deshabitada mucho tiempo y la compañía de gas tiene la mala costumbre de cortar el suministro cuando no se pagan las facturas.

Para que se sienta aún peor, en la pared principal del comedor, la estufa a leña le ofrece su boca abierta, como un animal que espera ser alimentado. Podría encenderla —incluso hay algo de leña polvorienta al costado del artefacto—, pero entonces se expondría a que cualquier vecino notase el humo de la chimenea y lo descubrieran.

Menos mal que vino en diciembre. Están a quince días de que la primavera dé paso al verano y la temperatura es de cuatro grados.

Se dirige a la valija enorme que trajo consigo y busca la que será su única fuente de calor durante estos días. Aparta la ropa, los paquetes de arroz, fideos y las latas de conserva. También hace a un lado la caja de madera de cincuenta habanos Montecristo. Por fin, en el fondo encuentra el pequeño maletín de plástico negro.

Lo abre y saca el infiernillo de *camping* que compró en una ferretería de Comodoro. Anafe le dice todo el mundo, pero a él le gusta más el nombre que venía impreso en la caja: infiernillo. En la valija encuentra también los doce tubos de butano que compró en la misma ferretería. Son unos aerosoles un poco más grandes que desodorantes.

Mete uno en el infiernillo, baja la palanca y un zumbido líquido le avisa que ya está todo listo. Gira una perilla hasta el final y el gas se enciende con un chasquido. *Voilà*, ya tiene un fuego donde cocinar y donde calentarse un poquito, piensa mientras se frota las manos sobre la llama.

Vuelve a la valija y se dispone a ordenar todos sus víveres. Abre una alacena de la cocina en la que solo hay una lata de polvo para pulir ollas. Sonríe. Le parece increíble que, justamente en Puerto Deseado, alguien haya comprado eso. Increíble y también absurdo, porque después del 91 media provincia tuvo polvo de pulir gratis durante años.

Guarda los paquetes de comida en la alacena. Verlos ahí, uno al lado del otro, lo tranquiliza. Tiene suficiente como para no salir a comprar en varios días.

La vibración de su teléfono anuncia un nuevo mensaje. Es Dani, su único hijo.

«Papá, esto no da para más. Necesito que vengas a ayudarme».

No le responde. Por suerte tiene configurado el teléfono para que Dani no pueda ver que él leyó su mensaje.

El indicador de batería del aparato se pone en rojo, avisándole de que le queda un cinco por ciento. Instintivamente busca un enchufe, pero pronto recuerda que la casa lleva años sin electricidad y se ríe de lo inútil que se vuelve uno cuando le quitan las comodidades a las que está acostumbrado.

Otra ventaja de haber venido en diciembre: tiene luz natural desde las cinco de la mañana a las once de la noche.

Rebusca en su equipaje hasta dar con una de las tres baterías externas. Según el que se las vendió, cada una sirve para dos cargas del teléfono. Así que son seis cargas en total. Considerando lo poco que lo usa, tiene de sobra incluso si los planes se alargan.

Conecta el aparato y vuelve a la alacena. Se decide por un sobre de sopa instantánea de pollo. Usa el más pequeño de los recipientes de metal que compró en la ferretería. Ideales para ir de *camping*, dijo el ferretero, porque no pesan y se meten uno dentro del otro para ahorrar espacio. El más grande es, en efecto, una olla en la que se puede hacer pasta para dos personas. El más pequeño, una taza algo más ancha que alta.

Tiene suerte de que aunque la casa lleve tiempo deshabitada, no le hayan cortado el agua. Era el punto débil de su plan. Pero el agua no tiene medidor en Puerto Deseado y a veces no la cortan ni siquiera después de años de morosidad.

Sin luz y sin gas, en diciembre puede vivir, pero sin agua no. Se tendría que haber ido a un hotel o salir a comprar botellas de vez en cuando. Ambas opciones arriesgadísimas, porque podrían reconocerlo.

Cuando la sopa hierve, la quita del fuego y, tras soplar un par de veces, le da un trago. Se quema un poco los labios, pero el líquido caliente en el estómago le sienta genial. Con la taza entre ambas manos, vuelve a la Olivetti y relee lo que acaba de escribir.

Muy mal, piensa. Pésimo. Tendría que haber empezado el relato ocho días antes de la ceniza. Si no cuenta lo del accidente, el resto no se entiende nada.

Entonces deja la sopa a un costado y pone una nueva hoja en el carrete.

años, cuando me había surgido la posibilidad de pasarme al mundo civil incorporándome al hospital de Puerto Deseado. Estaba bastante cansado del ambiente militar, así que pedí la baja de las Fuerzas Armadas. Y aunque, como me había dicho una vieja pediatra en aquel momento, «un hospital no es un cuartel», me adapté relativamente rápido.

El problema fue que a los pocos meses de empezar en el hospital, salió una nueva ley que exigía título universitario a todo el personal de enfermería de la provincia. Como mi título de enfermero estaba emitido por el Ministerio de Defensa y no el de Educación, no servía. La única manera de conservar el puesto era comenzar la carrera universitaria durante el primer año de vigencia de la ley y terminarla en menos de cinco. Si vivías en Puerto Deseado, eso significaba desplazarte tres horas de ida y tres de vuelta para cada examen. Aquella mañana, la materia en cuestión era Psicología Evolutiva.

Por suerte, el día había amanecido perfecto para un viaje en la ruta. En el cielo no había una sola nube que acompañara al sol bajo del invierno y el asfalto estaba libre de escarcha. En el campo, ya sin rastros de la nevada de la semana pasada, varias manadas de guanacos aprovechaban para pastar en el suelo descongelado.

El trayecto era monótono, sobre todo para alguien que lo había hecho tantas veces como yo. Lejos de ser un problema, esa monotonía me daba tres horas para repasar mentalmente los temas más importantes del examen.

Además, este viaje particular también tenía otro propósito: a mi flamante Renault 9, al que yo llamaba simplemente «el Nueve», ya le tocaba el primer *service*, y quería hacérselo en el centro oficial de Comodoro. No es que en Puerto Deseado no tuviéramos buenos mecánicos. Coco Hernández podía ser igual o mejor que los de Comodoro, pero con Coco nunca sabías cuándo tu auto iba a salir del taller. «En un par de días lo tenés», te decía, y podían pasar meses.

Iba por el kilómetro setenta, en medio de una de las rectas más largas de la Argentina, cuando vi por el retrovisor un vehículo negro que crecía conforme se acercaba a mí. En una ruta tan desolada como aquella, cualquier interacción con otro ser humano generaba anticipación, aunque fuera un conductor apurado que te pasaba y se perdía en el horizonte.

El coche se abrió al otro carril cuando todavía le faltaban más de doscientos metros para alcanzarme. En cuestión de segundos, me adelantó como si el Nueve hubiera estado estacionado. Era una coupé Fuego preciosa que, a juzgar por los ciento diez kilómetros por hora que marcaba mi velocímetro, iba como mínimo a ciento sesenta.

En menos de un minuto me había dejado atrás de manera considerable. Un minuto más y se transformaría en apenas un punto negro delante de mí. Pero antes de que eso sucediera, las luces de freno se encendieron y el coche se pasó al carril contrario con un movimiento brusco para esquivar un guanaco. Las ruedas izquierdas se salieron del asfalto y, en el afán de rectificar, el conductor pegó un volantazo hacia la derecha que lo puso perpendicular a la ruta, lanzándolo al campo a toda velocidad.

Fuera de control, la coupé avanzó entre las matas bajas hasta que una de las ruedas delanteras se hundió en una grieta en la tierra, haciendo que el auto comenzara a dar vuelcos.

Miré atónito cómo el vehículo giraba varias veces sobre sí mismo, golpeando la tierra con el techo y con las ruedas de manera alternada, mientras dejaba a su paso una polvareda que no tardaba en disiparse con el viento.

Los guanacos huyeron al galope, cruzando el asfalto y saltando el alambrado para internarse en el campo.

Paré el Nueve a la altura del vuelco y me bajé corriendo. La Fuego había dado muchísimas vueltas, arrancando a su paso el alambrado que había a cincuenta metros.

Lo primero que pensé al ver en la distancia aquel amasijo de metal fue que, por suerte, había quedado con las ruedas hacia abajo. Eso haría más fácil ayudar a quien estuviera dentro. Sin embargo, mis esperanzas se desvanecieron a medida que me fui acercando. El techo estaba hundido casi a la altura de la parte baja de la ventanilla, como si un enorme gigante hubiera aplastado el vehículo confundiéndolo con una lata de cerveza.

Por la ventanilla del conductor, que había quedado reducida a una ranura de apenas veinte centímetros, vi que no había nadie entre el asiento y el volante manchado de sangre. Miré a mi alrededor en busca de un cuerpo que pudiera haber salido despedido por el parabrisas para terminar tendido en el campo. Nada. Rodeé el vehículo y entonces sí vi un pie descalzo de mujer que asomaba por lo que había sido la ventanilla trasera. Tenía las uñas pintadas de violeta.

Me acerqué y metí la cabeza con cuidado, procurando no tocar el pie con la mejilla. Con el vuelco, la conductora había terminado en el hueco entre los asientos de atrás y los de adelante, doblada en una posición imposible. Tenía la cabeza encajada debajo del asiento delantero, la cadera sobre una gran valija beis, un pie asomando por la ventanilla trasera y el otro girado en una posición antinatural.

—¿Estás bien? —pregunté, fijándome en el torso, que no parecía subir y bajar con la respiración.

No hubo respuesta. Solo rompían el silencio el siseo de una manguera que no había acabado de perder todo el aire y el crepitar del metal del motor enfriándose.

—Hola, ¿me escuchás? No te preocupes que ahora seguro que pasa alguien y lo mandamos a Jaramillo a llamar una ambulancia.

Nada.

Le hundí la uña de mi pulgar en la planta del pie y no obtuve reacción. Mala señal. Esa mujer necesitaba asistencia inmediata. Intenté abrir una de las puertas, pero la coupé estaba tan deformada que la única forma habría sido con un soplete.

Logré meterme al auto por la ventanilla del acompañante. Intentando no lastimarme con los vidrios rotos y metales en punta, serpenteé hasta el asiento trasero. Entonces vi el enorme charco de sangre que se extendía debajo del pecho de aquella mujer y supe que era demasiado tarde para ayudarla. Ponerle una mano en el cuello para comprobar que no tenía pulso fue una formalidad.

Cerré los ojos durante un momento. Por más enfermero que fuera, un golpe así nunca era fácil de encajar.

Aunque estaba muerta, había que pedir asistencia médica. No tenía claro si me convenía hacer los cincuenta kilómetros que faltaban hasta Jaramillo, donde había teléfono pero no ambulancias, o volver los setenta hasta Deseado. O quizá lo mejor era esperar a que pasara otro vehículo. Aunque, en una ruta como aquella, podían faltar horas para que eso sucediera.

Tras revisarle los bolsillos sin éxito en busca de alguna identificación, empecé a arrastrarme hacia atrás para salir del auto. Fue entonces cuando vi una rajadura en la tela beis de la valija sobre la que había quedado apoyado el cuerpo. Al reconocer el contenido, me quedé perplejo.

Dólares. Fajos y fajos de dólares manchados de sangre.

Sentado en el asiento del acompañante, me detuve a pensar durante un segundo. La mujer había fallecido, así que ya no tenía sentido apurarse para llamar a una ambulancia. Me sentí mal al darme cuenta de que me importaba más qué hacer con la valija llena de dólares que el cadáver retorcido sobre ella.

Lo correcto, sin duda, era devolverla a su dueño. Pero ¿quién transporta esa cantidad de efectivo en un vehículo particular? Tenía que ser dinero proveniente de algún negocio sucio. No había muchas opciones: droga, juego o prostitución. Más razón aún para devolverlo. Ponerse en contra de esa gente era un pésimo plan.

Por otra parte, si me lo quedaba…

Los billetes que yo acababa de descubrir eran de cien. Recordé una película policial que había visto con Graciela hacía poco en la que unos tipos se robaban una valija llena de fajos idénticos. Si la memoria no me fallaba, en una de tamaño estándar cabían varios millones. ¿Tres? ¿Cinco? No logré recordar el número exacto, pero en cualquier caso era muchísimo dinero. Tanto que no pude evitar fantasear con lo que haría con una cantidad así.

No trabajar nunca más, para empezar. Hacerme con varias propiedades para alquilar, viajar por el mundo. Comprarme un autazo, o varios. Y una casa en Bariloche frente al lago. Sí, eso haría, y probablemente me sobraría más de la mitad. Es lo que pasa cuando uno tiene mentalidad de pobre.

Además, ¿qué pasaría si dejaba el dinero ahí? Seguro que se lo quedaba la policía, o algún juez. O mitad y mitad. Algo me decía que esos dólares se esfumarían antes de llegar a constar en ningún papel.

Miré hacia afuera por la ventanilla destrozada. En la ruta no se veía ningún movimiento.

Respiré hondo y me puse de rodillas sobre el asiento para volver a asomarme a la parte de atrás. Tiré de la valija intentando moverla, pero solo logré que el tajo se hiciera más grande y revelara aún más fajos de dólares.

Entonces recordé que en la coupé no había puertas traseras. Salí del coche por la ventanilla, activé una palanca que sobresalía del tapizado de cuero y el respaldo del acompañante se inclinó con un crujido de vidrios rotos, facilitándome el acceso a los asientos de atrás.

Empujé un poco a la mujer para quitarle peso a la valija y entonces sí, con cuidado de no seguir rompiéndola, logré sacarla del vehículo.

Llevarla por el medio del campo hasta mi auto, a casi cien metros, fue mucho más difícil aún. Tardé varios minutos en recorrer el terreno seco e irregular, cubierto de matas negras, coirones y alguna planta de calafate. En todo ese tiempo solo pensaba en que si alguien pasaba por la ruta, vería mi auto y la coupé volcada y se bajaría a ayudar. Entonces ¿cómo le explicaría que me estaba llevando del lugar del accidente, literalmente, kilos de dinero?

Como si mis pensamientos hubieran invocado a la mala suerte, cuando llegué al asfalto vi un punto rojo que se acercaba a toda velocidad.

«Tranquilo, Raúl», me dije a mí mismo. Si su auto era apenas una manchita en el horizonte para mí, el mío también lo era para él. Desde tan lejos le era imposible ver cómo yo abría a toda prisa el baúl de mi auto y metía la valija dentro.

Una vez que los dólares estuvieron escondidos, di unos pasos en el asfalto y empecé a agitar los brazos mirando al punto rojo, que poco a poco fue transformándose en una camioneta.

La Ford F100 que se detuvo ante mis señas tenía barrales de madera a los costados de la caja, típicos de los vehículos de la gente del campo. Se bajó de ella un hombre alto, corpulento y de alpargatas, que no tendría más de cincuenta años.

—¿Qué pasó? —preguntó, llevándose una mano a la boina gris mientras miraba en dirección a la coupé volcada.

—Venía rápido y se le cruzaron unos guanacos. Yo lo vi todo.

—Hay que ir a ayudar —dijo mientras echaba a correr hacia el lugar del vuelco.

—No hay nada que hacer. Está muerta.

Se detuvo al escuchar mis palabras.

—¿Quién?

—La mujer que iba manejando.

Sin responderme, el hombre me dio la espalda y enfiló al trote hacia la coupé. Yo me quedé apoyado en el baúl de mi auto, pensando más en lo que tenía ahí adentro que en el cadáver.

—Créame, está muerta. Soy enfermero.

—Igual tenemos que avisar al hospital, ¿no? ¿O a la policía?

—A cualquiera de los dos. Entre ellos están comunicados. Yo puedo volver a Deseado y dar parte en el hospital. Trabajo ahí.

—Pero ¿usted no iba para el otro lado? —preguntó señalando la dirección en la que apuntaba mi coche.

—Sí, pero lo puedo posponer. Iba a rendir un examen en Comodoro, pero después de ver lo que vi, no creo que logre concentrarme.

—¿No sería mejor que usted se quede y yo vaya a avisar? Usted vio cómo fue todo, seguro que a la policía le sirve su testimonio.

—No es un caso de asesinato —retruqué—. Es un accidente. Las frenadas están marcadas en el asfalto en medio de una recta donde casi siempre hay guanacos. Está bastante claro cómo fue. Además, yo le voy a describir hasta el mínimo detalle a la policía.

—Yo creo que, si usted lo vio, se tiene que quedar acá.

Los ojos del hombre se clavaron en la cerradura del baúl de mi auto. Miré con disimulo en esa dirección, esperando encontrarme con medio billete de cien dólares asomando o una mancha de sangre. Pero no, no había absolutamente nada. Entonces entendí que el hombre no miraba la cerradura, sino unos centímetros más abajo. Estaba memorizando el número de matrícula de mi coche.

—Está bien —dije al fin—. Vaya usted a avisar y yo me quedo esperando a la policía.

—De acuerdo —respondió dando unos pasos hacia mí. Cuando estuvo a menos de un metro de distancia, estiró una mano gruesa y callosa y me miró a los ojos.

—Néstor Cafa —se presentó.

—Raúl Ibáñez.

Cafa se subió a la camioneta y recorrió setenta kilómetros para dar parte del accidente.

Cuando llegué a mi casa, eran las doce y media del mediodía. Desde que me había despedido de Néstor Cafa hasta que llegó el patrullero de la policía de Deseado transcurrieron dos horas y pasaron otros cinco vehículos por la ruta. Todos se detuvieron para preguntarme qué había sucedido y si podían ayudar de alguna manera.

El trámite con la policía fue más corto de lo que esperaba. Me preguntaron qué había visto y se lo conté con lujo de detalles, omitiendo solamente la parte en la que me encontraba una fortuna debajo del cadáver y decidía esconderla en mi auto.

Cuando me dijeron que ya podía irme, di la vuelta en U y enfilé hacia Deseado.

A pesar de que Graciela no estaba en casa, al llegar encontré la puerta sin llave, como siempre. Unas horas antes, cuando le di un beso para despedirme y salir hacia Comodoro, me había dicho que pasaría la mañana en la biblioteca del pueblo organizando una actividad para la escuela. Supuse que no tardaría mucho en volver, porque la biblioteca cerraba en media hora.

Me senté en una silla del comedor, con la valija ensangrentada frente a mí, intentando ignorar la mezcla de vértigo y terror que se me había instalado en la boca del estómago. Sabía que tenía que devolverla, pero no podía dejar de pensar que ahí dentro había una vida distinta para mí, para Graciela y para los hijos que vinieran. Si venían.

Abrí la valija. Estaba llena, hasta arriba, de fajos de cien atados con una banda de papel blanco sin ningún rótulo. Agarré uno y conté los billetes. Cien. Tenía en la mano diez mil dólares, mucho más de lo que yo llegaba a ganar en un año trabajando sin parar. Ni siquiera si decía que sí a todas las guardias en el hospital y, en los días libres, me quedaba hasta la madrugada trabajando en mi taller de soldadura.

Apilé los fajos de diez en diez sobre la mesa hasta que la valija quedó vacía. Varios de ellos estaban empapados en sangre.

—Es mucha plata —dije en voz alta mirando esa montaña verde—. Tres millones de dólares es mucha plata.

Cuando Graciela llegó a casa un poco después de la una, yo ya había decidido qué hacer.

—¿Qué pasó, Roli? —dijo al entrar por la puerta de adelante, extrañada de ver el coche estacionado en casa.

Sus ojos no tardaron ni un segundo en clavarse en las pilas de dólares que había sobre la mesa.

—¿Qué es eso?

Le conté todo. Cuando terminé mi relato, se quedó en silencio mirando los billetes ensangrentados con expresión de anhelo, como si más que debatirse entre devolver el dinero y quedárnoslo, pensara en cómo gastarlo.

—Lo traje a casa para que nadie se lo robara del lugar del accidente, pero no es para nosotros. Voy a llevarlo a la policía, Graciela.

—¿Para qué? ¿Para que se lo queden ellos?

—Una cantidad de guita como esta no desaparece así nomás. Es de alguien peligroso al que no creo que le cueste averiguar que fui yo la primera persona en llegar al lugar del accidente.

Graciela se quedó pensativa. Sabía que yo tenía razón, pero la posibilidad de que alguien viniera buscando lo que era suyo era mucho más débil que el poder magnético del verde oscuro sobre la mesa.

—¿Y si nos vamos a otro lado? Con todo este dinero, podemos empezar una nueva vida donde queramos.

—Graciela, yo soy de este pueblo de toda la vida.

—Pero ¿tu sueño no era viajar? ¿Cuántas veces me dijiste que te encantaría vivir unos meses en un lugar y después mudarte? Esta sería la oportunidad ideal. Podríamos desaparecer juntos.

—Viajar y desaparecer no es lo mismo. Vos lo sabés muy bien.

Graciela apretó los labios como si fuesen las valvas de una ostra. La reacción no me tomó por sorpresa, porque cada vez que le había intentado preguntar por su vida en Mendoza antes de mudarse a Puerto Deseado, hacía dos años, me había encontrado con el mismo silencio.

—¿Otra vez vas a empezar con eso? ¿No te diste cuenta todavía de que vine acá para empezar de cero?

Se acercó y me agarró la cara entre sus manos.

—Y mirá lo bien que me fue. Encontré a lo mejor que me pasó en la vida.

Siempre me daba vuelta la tortilla de la misma manera. Piropos, besos o sonrisas. Hacía un año que nos conocíamos y más de medio que vivíamos juntos y su pasado seguía siendo un misterio absoluto para mí. Lo único que sabía era que había sido horrible. Y no porque me lo hubiera dicho ella, sino por las muchas noches en que se despertaba gritando y empapada de sudor tras una pesadilla.

—Y yo ya te dije que voy a respetar esa decisión y no te voy a preguntar más por tu vida en Mendoza —concilié, poniendo mis manos sobre las suyas—. Pero también quiero que tengas claro esto: que vos hayas arrancado de cuajo todos los vínculos con tu vida anterior no significa que yo vaya a hacer lo mismo.

Moderé mi tono de voz para que esas palabras llegaran como una explicación y no un reproche.

—Quiero viajar, pero esto es peligroso, amor —añadí—. Sería sencillo para cualquiera averiguar que tengo un hermano en Salta, por ejemplo. Si no me encuentran a mí, lo van a ir a buscar a él.

—A lo mejor nos podemos quedar una parte y devolver la otra.

—¡No, Graciela! —grité, tirando por la borda el tono tranquilo—. ¿No lo entendés? Quedarse con uno solo de estos billetes significa problemas. Graves problemas. Para vos es fácil pensar en desaparecer porque es como si no tuvieras familia. Pero yo no puedo. No voy a poner en riesgo al único familiar que me queda vivo por guita. Esta misma tarde llevo todo esto a la policía.

Graciela no se dio por vencida tan fácilmente. Era una mujer acostumbrada a luchar por lo que quería, aunque todo el mundo estuviese en su contra. Intentó otros ángulos, y con cada uno de ellos le dije que no lograría convencerme porque la decisión ya estaba tomada.

Lo que no sabíamos, ni ella ni yo, era que se trataba de la peor decisión de mi vida.

El despacho estaba en la primera planta de la comisaría, al fondo del pasillo. El suboficial al que yo seguía se detuvo frente a la puerta de madera y dio tres golpes justo debajo de la pequeña placa dorada que decía «Comisario Manuel Rivera».

—Adelante —se escuchó desde adentro.

El suboficial me saludó, dejándome solo. Abrí la puerta con la mano izquierda, sin soltar lo que llevaba en la derecha.

—Buenas tardes, comisario. Gracias por atenderme.

—Pase, pase —dijo sin levantar la mirada de unos papeles que tenía en las manos—. Me extrañó que pidiera una cita por tel... ¿Y eso qué es?

Los ojos se le habían ido a la gran valija beis, rota y con enormes manchas ocres que yo acababa de apoyar en el suelo.

—Lo encontré en la coupé esta mañana.

—¿Se robó el equipaje de una persona muerta?

—Si me lo hubiera robado, no estaría acá, ¿no?

—Pero se lo llevó antes de que llegáramos nosotros.

—Sí.

Sin darle tiempo a que me preguntara nada más, la puse sobre el escritorio y la abrí para enseñarle los fajos de dólares.

—Estaba entre el asiento del acompañante y el de atrás, comisario. Me lo llevé porque no sabía quién iba a ser el primero en pasar por ahí. No quería problemas, y me pareció mejor guardármelo y traerlo hoy a la tarde. Por eso pedí expresamente hablar con usted.

—Y en la declaración que le tomaron esta mañana tampoco dijo nada. —Señaló uno de los papeles sobre su escritorio.

—No, por el mismo motivo. Si la mencionaba, me iban a decir que la entregara, pero yo prefiero dársela a usted en mano y dejarlo asentado en una nueva declaración. Todo el mundo dice que usted es un hombre honesto y confío en que va a hacer que este dinero vuelva a su dueño.

—¿Cuánto hay?

—Tres millones de dólares.

—Difícil que llegue al dueño.

—¿Cómo dice?

—Nadie anda con tres millones de dólares en una valija si se los ganó en forma legal. Eso es dinero procedente de drogas, prostitución o algo así.

—Sí, yo también supongo eso. Más razón aún para devolverlo.

—Es lo correcto.

—Y después, ¿cómo sigue?

—¿A qué se refiere?

—¿Qué va a pasar con todo esto? —dije, señalando los fajos.

—Va a quedar en nuestra custodia y, cuando esclarezcamos a quién le pertenece, le vamos a pedir a esa persona diez mil papeles que justifiquen esta ganancia.

—¿Y si no la puede justificar porque realmente es plata sucia?

—Entonces quedará secuestrada y en algún momento pasará al Estado. Si es que no la hace desaparecer algún pez gordo de la Federal o de un juzgado.

—O sea que, al fin y al cabo, probablemente alguien se la va a terminar comiendo.

El comisario me puso una mano sobre el hombro.

—Hizo bien, Ibáñez. No importa lo que pase de acá en adelante. Usted hizo bien en devolverla.

Pero su mirada decía lo contrario. Su expresión era de pena, como cuando se contempla una oportunidad perdida. Quizá solo fue mi imaginación, pero algo en sus ojos parecía decirme que me había equivocado. Que debería haber escondido ese dinero y quedármelo para mí. Que en el momento en que lo blanqueaba, era como tirarlo a la basura.

—Comisario —dije con voz algo tímida.

—Dígame.

—¿Quién era la mujer que encontré muerta?

—Eso no se lo puedo decir. Acabamos de abrir la investigación y no podemos revelar esa información.

—Pero comisario, mire lo que acabo de hacer —protesté, señalando la valija—. ¿No le parece que al menos me merezco saber a quién vi morir?

—Discúlpeme, Ibáñez, pero eso sería violar la ley. De todos modos, no se preocupe. Normalmente solo mantenemos en secreto la identidad de las víctimas durante las primeras horas.

Capítulo 4

Jueves, 6 de diciembre de 2018, 9:44 a. m.

Termina de escribir lo del accidente y lo relee. Ahora sí se entiende cómo empezó todo.

Pone las páginas nuevas sobre las que mecanografió antes. Ya tiene siete u ocho, que es mucho más de lo que inicialmente pensaba escribir. De hecho, es mucho más de lo que ha escrito de una sola sentada desde que terminó su carrera universitaria. Piensa en todo lo que le falta por contar y se alegra de haber encontrado la vieja Olivetti en la casa. Redactar todo eso a mano habría sido una tortura.

Le da un sorbo a la sopa y arruga la nariz en una mueca de repulsión. Está helada.

Va a levantarse para calentarla cuando su teléfono vibra varias veces seguidas, como si alguien le estuviera disparando mensajes con una ametralladora. Es su hijo, que le reenvía una conversación con su madre.

Mar 04/12/2018 14:21 - Mamá
Hijito, no te iba a decir esto, pero ya estoy vieja y no me callo nada. El domingo me prometiste que ibas a venir a comer y no viniste. Y yo había preparado empanadas. No las compré ni le dije a Mariela que se quedara después de limpiar para ayudarme. Las hice con mis propias manos y vos sabés muy bien lo que me cuesta hacer empanadas con el dolor que tengo en la muñeca. A veces me pregunto qué te hice para que me trates así.

Mar 04/12/2018 14:26 - Tú
Mamá, no entiendo tu reacción. Te llamé para avisarte que se nos había complicado la cirugía de un dálmata. Apenas salí de la veterinaria fui para tu casa y no me quisiste abrir la puerta.

Mar 04/12/2018 14:27 - Mamá
Exacto. No te quise abrir, así que no tendrías por qué haber entrado con tu llave.

Mar 04/12/2018 14:27 - Tú

De verdad, no tengo idea de qué fue lo que te molestó tanto para que reaccionaras así.

Mar 04/12/2018 14:28 - Mamá

Viniste a las cinco de la tarde. Ya no era hora de comer. No entiendo en qué momento te fallé como madre para que consideres que vale más la vida de un perro que la mía.

Mar 04/12/2018 14:29 - Tú

Mamá, por favor, no empieces. No estoy diciendo que valga más la vida de un perro. Es mi trabajo, y si hay una urgencia y el veterinario tiene que hacer una operación delicada, yo me tengo que quedar a ayudarlo. ¿En serio no te das cuenta de que lo que me estás planteando no tiene ningún sentido?

Mar 04/12/2018 14:41 - Mamá

Tenés razón. ¿Viste que no te tendría que haber dicho nada? No te preocupes, que no creo que te siga molestando mucho más. Al final, parece que soy solo un obstáculo en tu vida.

Cierra los ojos y se propone dar cinco respiraciones profundas, como le enseñó su instructora de yoga. Los abre cuando va por la tercera y busca en la pantalla el icono de un teléfono junto a un mundo. En unos segundos se abre una aplicación de voz sobre IP que le permite hacer llamadas telefónicas desde un servidor en China. Marca el número de su hijo.

—Papá —atiende casi al instante.

—¿Cómo andás, Dani? Perdoname que no te pude llamar antes.

—¿Dónde estás? ¿En la Antártida? Te escucho relejos.

—No, estoy acá en casa, en Villa La Angostura —miente—. Estoy probando un programa nuevo que me recomendaron para hacer llamadas gratis.

—Siempre el mismo rata, vos.

—¡Siempre! —responde con fingido orgullo.

—Sabías que también me podés llamar gratis por WhatsApp, ¿no? No hace falta que te instales aplicaciones llenas de virus.

—Me lo anoto para la próxima.

Hay unos segundos de silencio en la línea.

—Che, Dani, acabo de leer esos mensajes. Parece que sigue complicada la cosa con mamá, ¿no?

—Sí, bueno. No sé qué te voy a decir que no sepas.

—¿Hablaste con el psiquiatra?

Dani resopla antes de contestar.

—Sí, y me dijo lo de siempre. Que se puede probar con volver a internarla en Buenos Aires, que esto, que lo otro. Me volvió a dejar claro que curarse, no se va a curar, pero que siempre existe la posibilidad de estabilizarla y qué sé yo… El tipo no me lo va a decir nunca, pero es obvio que ya bajó los brazos con el caso de mamá. A lo mejor hace bien.

—No digas eso.

—¿No notás nada raro en los mensajes que te acabo de reenviar?

—Todo.

—Sabés a lo que me refiero, papá.

—Sí, al cuchillo —concede.

—¿Cómo puede escribirme sobre lo que pasó el domingo y ni siquiera mencionarlo?

—Porque se arrepiente.

—¡Se apoyó un cuchillo en el pecho y me dijo que si no me iba de su casa se lo clavaba, papá! Y en los mensajes no solo lo pasa por alto sino que tiene los huevos de decirme que no tendría que haber entrado a su casa con mis llaves. No se arrepiente un carajo.

—Hijo —dice, intentando una voz conciliadora—, lo último que necesitás en este momento es que yo me ponga a despotricar en contra de tu madre y eche más leña al fuego. Lo que hizo no tiene nombre, es verdad, pero vos sabés muy bien que lo suyo es una enfermedad.

—Una enfermedad que me absorbe la energía a mí y a todos los que estamos a su alrededor.

—Sí. Y, aunque no es fácil, tenés que buscar una manera de protegerte de eso. Ponerte un escudo para que te afecte lo menos posible.

—¿Por ejemplo yéndome a vivir a mil doscientos kilómetros? Hay un pequeño detalle: yo no me puedo divorciar de ella.

No sabe bien por qué, pero lo primero que le viene a la mente es decirle que no es un divorcio sino una separación, porque no hubo casamiento. Pero enseguida vuelve a poner los pies sobre la tierra y reprime esa tontería que no viene al caso.

—Si necesitás plata para internarla…

—¿Plata? —ríe Dani—. No, papá. Llega un momento en el que tener más plata no sirve de nada. Entre las casas que tiene alquiladas y la fortuna que le depositás vos todos los meses por las ganancias de la empresa, la única parte de la vida de mamá que va bien es la económica.

—Entonces, ¿cómo te puedo ayudar, hijo?

—No sé. Vení a Deseado unos días. Quedate conmigo. A lo mejor podés hablar con ella.

—No me quiere ni ver, Dani. Para ella estoy muerto desde el día que nos separamos.

—Pero eso fue hace una bocha, papá. Yo tenía dieciocho años. Ahora tengo veintiséis.

—¿Qué te pensás, que en todo este tiempo no intenté hablar con ella? Le pedí mil veces que tuviéramos una relación cordial, por respeto a vos, pero no lo entiende.

—¿No lo entiende, papá? ¿Esa es tu excusa? ¡Por supuesto que no lo entiende! —grita Dani en el auricular—.

Lleva toda la vida con una depresión que no le pudieron curar ni los mejores psiquiatras de Buenos Aires. Es como si me dijeras que un perro no entiende que no tiene que comer con la boca abierta.

—Hijo, tranquilicémonos. Lo último que quiero es que nos peleemos. Disculpame. Lo que realmente te quiero decir es que ya no sé cómo ayudarla.

—Pero no te estoy pidiendo que la ayudes a ella. Te estoy pidiendo que me ayudes a mí. Que vengas y estés conmigo unos días.

—¿Por qué no hacemos al revés y te venís vos para La Angostura? Este año todavía no salí en el *Selmita*. Podríamos ir a navegar juntos.

—Me amenaza con matarse cuando llego tarde a comer empanadas, papá. ¿Cómo me voy a ir de vacaciones?

Se quedan ambos en silencio. Del otro lado de la línea, el hombre puede sentir la respiración profunda y entrecortada de su hijo. Podría reconocerla entre miles de otras: es la forma en la que respira Dani justo antes de soltar las primeras lágrimas.

Siente ganas de contarle la verdad. Confesarle que no está a mil doscientos kilómetros, sino a seiscientos metros. Quiere decirle que se quede en su casa, que en cinco minutos va a estar ahí para darle un abrazo y que no llore solo. Pero en vez de hacerlo cierra los ojos, aprieta los dientes y habla lento, intentando disimular el nudo que se le cierra en la garganta.

—Voy a hacer todo lo posible para ir a verte, hijo. Dejame que arregle unas cosas acá y te aviso cuándo puedo ir.

Del otro lado, Dani suelta la respiración contenida y con ella se le escapa un sollozo corto. Lo reprime tragando saliva.

—Gracias, papá. Yo ya no puedo más. Me hace la vida imposible. Y yo sé que no es su culpa, pero a veces me cuesta reconocer a mi mamá en esa mujer.

—Lo sé, hijo. Te aseguro que lo sé.

Cuando cuelga, todavía con los ojos cerrados, se imagina a Dani. No como es ahora, un hombre de veintilargos. En su cabeza aparece un Dani de tres años, llorando frente a la puerta del baño. Su pequeña mano abierta golpea la madera llamando a su mamá. La cara, redonda y suave, está teñida por el desconcierto. No entiende por qué no le responde, si la vio meterse ahí un rato antes.

¿Cómo no va a estar desconcertado? ¿Cómo va a comprender un nene de tres años que, del otro lado de esa puerta, su mamá no contesta porque acaba de cortarse las venas con una hoja de afeitar?

Capítulo 5

Martes, 13 de agosto de 1991, 8:12 a. m.

Colgué el teléfono en cámara lenta, intentando procesar lo que me acababan de decir. ¿Secuestrada? ¿Cómo podía ser que Graciela estuviera secuestrada? Esas cosas no pasaban en mi pueblo, donde la gente dejaba las casas y los coches abiertos, con las llaves puestas.

Miré hacia el patio por la ventana. A pesar de que el día ya debería haber empezado a clarear, todavía estaba oscuro. Intenté calmarme un poco y pensar, ignorando el escenario apocalíptico que había del otro lado del vidrio.

Tenía que ser un malentendido. El secuestrador me acusaba de haber devuelto solo la mitad del dinero a la policía, pero yo le había entregado los tres millones. El mismo comisario había redactado mi declaración, que leí y firmé después de cerciorarme de que todo fuese correcto. En especial, el monto.

Sí, era un malentendido, me repetí. Y aunque me parecía poco probable que un papel fuera a arreglar nada con un secuestrador, lo cierto era que tampoco se me ocurría algo mejor. Tenía que conseguir una copia de mi declaración.

Me abrigué y me protegí los ojos con unas viejas antiparras de nadar que encontré en un cajón que no habíamos abierto en meses. Salí por la puerta trasera dispuesto a hacerme con ese documento.

El patio que separaba la casa de mi pequeño taller de soldadura tenía una capa de polvo aún más gruesa que el jardín delantero. Entré al taller y, sin siquiera encender la luz, descolgué de un clavo en la pared el respirador con el que me cubría la boca y la nariz mientras pintaba a soplete los trabajos terminados. Me bastaron un par de inhalaciones para comprobar que los filtros, diseñados para las diminutas gotitas de esmalte sintético pulverizado, también bloqueaban el polvillo irritante que lo cubría todo aquella mañana.

Salí del taller con el respirador puesto y emprendí casi al trote el recorrido de doscientos metros entre mi casa y la comisaría. Con cada movimiento, los pies levantaban grandes nubes de polvo que el viento no tardaba en disipar. El manto de ceniza, que en ciertos lugares llegaba a diez centímetros de grosor, amortiguaba los pasos haciéndolos inaudibles.

Maldije una vez más haber llevado el auto al taller de Coco Hernández.

Me crucé apenas con tres o cuatro vehículos en todo el trayecto. Avanzaban casi a paso de hombre, con el limpiaparabrisas encendido en un intento por despejar la ceniza. Los conductores se encorvaban sobre el volante, pegando la cara al vidrio, atentos a los pocos metros de visibilidad frente a ellos.

También me encontré con dos o tres personas a pie. Iban, como yo, tan cubiertas que resultaban irreconocibles. Una tenía la nariz y la boca tapadas con una máscara para pintar muy parecida a la mía. Otra llevaba una luneta de buceo que le protegía los ojos. A pesar de que probablemente ellos tampoco tuvieran idea de quién estaba debajo de mi ropa polvorienta, me saludaron levantando la mano.

La puerta de la comisaría se abría hacia adentro. Al empujarla, la encontré pesadísima. Había trapos húmedos enrollados en el suelo, contra la chapa, para frenar el polvillo. Observé que, o bien la idea se les había ocurrido tarde o el truco no había funcionado, porque adentro todo estaba cubierto de una capa gris. Incluso el pelo corto del suboficial que me recibió en la mesa de entrada.

Tenía una pequeña radio AM encendida sobre el escritorio y con el hombro sostenía el auricular de un teléfono pegado al oído. No tardé en reconocerlo, nos habíamos cruzado varias veces por el barrio porque su casa y la mía quedaban en la misma manzana.

Señaló con el dedo el teléfono y me hizo un gesto para que aguardara un momento.

—… no se preocupe, señora. Ya mismo enviamos a alguien para que hable con su vecino —dijo al aparato y colgó. Luego se giró hacia mí con una expresión de hastío—. Qué día, ¿no?

Sus palabras retumbaron en la comisaría desierta. Asentí con la cabeza y le ofrecí una sonrisa rápida.

—Buenos días. Me llamo Raúl Ibáñez. Creo que somos casi vecinos.

—Sí, es verdad —respondió, suavizando un poco el tono.

—Soy la persona que encontró la coupé Fuego volcada en el kilómetro setenta la semana pasada. La que tenía los dólares.

En la cara del policía, que según la identificación que llevaba bordada en el pecho se llamaba José Quiroga, apareció una sonrisa mínima, contenida. Supuse que se estaría preguntando cómo yo había podido ser tan boludo para devolver ese dinero.

—Sí, ¿en qué puedo ayudarlo? —se limitó a decir.

—Necesito una copia de la declaración que me tomó el comisario ese día.

Se quedó atónito ante mi pedido. Miró hacia afuera, como preguntándome por qué había salido de mi casa para un trámite así.

—Podemos hacerle una copia certificada para el lunes.

—Pero para el lunes faltan…

El teléfono me interrumpió y el suboficial Quiroga lo atendió sin siquiera hacerme un gesto.

—Comisaría, buenos días.

El policía escuchó durante dos segundos lo que le decían del otro lado y abrió la boca varias veces antes de lograr intervenir.

—Hoy todo el mundo está encapuchado, señor. ¿Está seguro de que las personas que están entrando en la casa de sus vecinos no son, justamente, sus vecinos?

Quiroga calló durante un segundo.

—Bien. Entonces enviaremos un patrullero a asegurarse de que no son ladrones.

—Le decía que falta casi una semana para el lunes —retomé apenas colgó—. No puedo esperar tanto. Hoy es martes.

—Es martes y es trece —me respondió, apuntando el mentón hacia la puerta.

No entendí si era una alusión supersticiosa o si me estaba invitando a que me fuera.

—Escúcheme, Quiroga. Yo cumplí mi deber como ciudadano y ahora lo único que le estoy pidiendo es una constancia por escrito.

—Escúcheme usted a mí. ¿No ve lo que está pasando? ¿Justo el día que explota un volcán se le ocurre venir a hacer un trámite administrativo?

—¿Un volcán?

Quiroga asintió con gesto solemne.

—Entró en erupción un volcán en Chile y las cenizas se volaron para acá.

—¿En Chile? Pero la frontera está a quinientos kilómetros.

El policía se encogió de hombros.

—Ahora cuando llegue a su casa ponga la radio —dijo, señalando el aparato sobre el escritorio—. Ahí se va a enterar de todo.

—Necesito ese papel. Por favor.

—El lunes, Ibáñez. Se lo acabo de decir.

—Pero no puedo esperar hasta el lunes. Lo necesito ahora. No le estoy pidiendo tanto, ¿no? Un papelito.

El tono del policía al volver a hablar fue considerablemente más alto del que había usado hasta ese momento.

—Tengo al pueblo en pánico y no damos abasto. Soy el único administrativo en la comisaría. El resto de mis compañeros está en la calle, ayudando. Como comprenderá, no tengo tiempo para, justamente, un papelito.

Como si hubiera estado planeado, el teléfono volvió a sonar. Tras atender la llamada —era alguien denunciando que unos vecinos habían dejado a sus hijos salir a jugar con la ceniza—, cortó y volvió a mirarme con cara impasible.

—Me gustaría hablar con el comisario.

—Está ocupado.

—Es urgente. Necesito hablar con él.

—Está ocupado y no se encuentra en la comisaría —repitió Quiroga.

El teléfono de mierda ese sonó una vez más. El policía hizo un ademán para atenderlo, pero yo me estiré sobre el mostrador, le saqué el auricular de la mano y corté.

Quiroga me miró, sorprendido. Resopló mientras negaba con la cabeza, se levantó de su silla y rodeó la larga mesa de entrada hasta ponerse frente a mí.

—Dese vuelta —me dijo—. Las manos contra la pared.

—¿Qué?

—Lo voy a detener.

—No, no me vas a detener un carajo. ¿Encima de que no hacés tu trabajo ahora el que va preso soy yo? —dije, enfilando hacia la puerta.

En cuanto le di la espalda, sentí un dolor punzante en la muñeca. Quiroga me la sujetó detrás de la cintura, doblada en un ángulo que yo no hubiera creído posible. Antes de que pudiera reaccionar, me aplastó la cara contra la pared y me esposó.

—Tranquilícese. Es por su bien.

Con la cara retorcida en una mueca de dolor, estuve a punto de contarle toda la verdad. Pero algo me decía que la amenaza del secuestrador iba en serio y que, si abría la boca, ponía aún más en peligro a Graciela.

—¡Quiero hablar con el comisario!

—Grite todo lo que quiera, Ibáñez. Pero no hay nadie más en la comisaría. Como ya le dije, todos mis compañeros están fuera. Y el comisario, le repito, no se encuentra. Fue a una reunión con el intendente y otras autoridades. Parece que usted es el único que no entiende que estamos en una situación de emergencia.

No me quedó más remedio que cerrar los ojos y asentir.

—Estoy muy nervioso, le pido disculpas —dije, volviendo a tratarlo de usted. Por dentro me preguntaba cómo podía haber sido tan estúpido de haberme dejado llevar por los nervios. Mi mujer estaba secuestrada y yo no le hacía ningún favor si me metían preso.

—Lo entiendo. Todos estamos nerviosos —dijo Quiroga mirando por la ventana a un auto que iba a paso de tortuga—. Pero lo último que necesita la policía en este momento es el desacato.

—Insisto, pido disculpas.

—Disculpas aceptadas. Quédese ahí sentado un rato y se puede ir a su casa.

—¿Cuánto tiempo?

—Hasta que se tranquilice.

—Estoy tranquilo. —La frase me salió más rápida y con más volumen del que hubiera querido.

—Quédese ahí sentado un rato —se limitó a repetir el policía, y volvió a rodear la mesa de entrada para atender otra llamada.

Quiroga levantó el teléfono con los ojos fijos en mí. Mientras le hablaba con frases cortas a quien parecía ser otro vecino del pueblo en problemas, giró la pequeña radio sobre el escritorio para apuntarla hacia mí y subió el volumen.

En la única estación de radio de Puerto Deseado sonaba un tango enérgico de Piazzolla. Cuando estaba llegando al final, la voz de Mario Dos Santos, uno de los pocos locutores del pueblo, interrumpió las notas del bandoneón:

Reiteramos la noticia para aquellos que acaban de sintonizar LRI200: la erupción del volcán Hudson, en la región chilena de Aysén, es el origen de la enorme nube de cenizas que nos tapa hoy desde aproximadamente las tres de la mañana.

Las autoridades y la Asociación de Defensa Civil recomiendan no salir de casa salvo en caso de emergencia. Si usted tuviera que hacerlo, tápese la nariz y la boca con una máscara, un barbijo o un pañuelo. También es importante proteger los ojos. Puede usar anteojos para soldar o antiparras para nadar, por ejemplo.

De todos modos, antes de salir tenga en cuenta que todos los servicios, absolutamente todos, están interrumpidos. No hay clases, el puerto está cerrado, como así también los dos bancos y las cuatro empresas pesqueras de nuestra localidad.

Estamos recibiendo muchísimas llamadas al 70231 preguntándonos sobre la toxicidad de la ceniza y si debemos preocuparnos por el fuerte olor a azufre que hay en el ambiente. En breve estaremos entrevistando al doctor Arsenio Morelli, director de nuestro hospital, para aclarar todas las dudas.

Pero ahora tenemos con nosotros a Hugo Giuliani, jefe de la Asociación Municipal de Defensa Civil.

—Hugo, muchas gracias por acercarse a los estudios con estas condiciones.

—De nada, Mario. Buenos días a toda la audiencia.

—¿Qué sabemos del volcán Hudson?

—Como ustedes ya han comunicado, se trata de un volcán chileno que ayer sufrió una de las erupciones más violentas de las que se tienen registro en Sudamérica.

Se encuentra a casi seiscientos kilómetros de acá, a la altura del límite entre nuestra provincia y Chubut.

—Y tuvimos la mala suerte de que las cenizas volaran directo hasta Puerto Deseado.

—Bueno, en realidad el viento dispersa la ceniza formando una nube triangular que parte del volcán y se va abriendo conforme avanza hacia el Atlántico.

—¿Entonces no somos la única población afectada por esta erupción?

—Para nada. Hemos recibido reportes de Fitz Roy, Puerto San Julián, Gobernador Gregores, Perito Moreno y Los Antiguos. En estas últimas dos localidades, más cercanas a la cordillera, la cantidad y densidad de ceniza es bastante mayor que en la nuestra.

—O sea que tenemos prácticamente media provincia en la misma situación.

—Un tercio aproximadamente. Son unos ochenta mil kilómetros cuadrados, que es una extensión casi tan grande como la provincia de Entre Ríos.

—Increíble. En cuanto al estado de las rutas, ¿qué nos puede decir?

—Por el momento, continuamos con la recomendación de no viajar salvo en casos de urgencia extrema. La visibilidad en muchos puntos es completamente nula, y hay reportes de verdaderas dunas de ceniza tanto en la Ruta 281 como en la Ruta 3. Además, como las partículas son tan finas, penetran en los filtros de aire y en otras partes del motor, lo que podría causar roturas en pleno viaje.

—Con el poco tráfico que hay en este momento, quedarse tirado en el medio del campo no es una buena idea.

—Exactamente, Mario.

—¿Se sabe cuánto va a durar este fenómeno?

—No. Según datos que nos han pasado de la Universidad de la Patagonia, hay registros de erupciones en otras partes del mundo donde la ceniza volcánica permaneció en el área durante meses.

—Esperemos que no sea nuestro caso y que el mismo viento que nos la trajo se la lleve rápido al mar.

—Ojalá.

—Hugo, nuestro teléfono está ardiendo con llamadas de gente que se ofrece para ayudar en lo que se necesite. ¿Qué pueden hacer aquellos que quieran dar una mano a los más perjudicados?

—Bueno, lo primero es no llamar a la policía, al hospital ni a los bomberos para ofrecer esa ayuda. Necesitamos que las líneas se mantengan desocupadas para poder atender cualquier emergencia. Quienes tengan la posibilidad, pueden acercarse a la reunión que habrá esta mañana a las 11:00 en el museo Mario Brozoski. Por favor, desplácense con cuidado y protegiendo las vías respiratorias. La idea de la reunión es crear comisiones de trabajo y definir planes de acción. Vamos a necesitar ayuda en varios frentes, pero sobre todo con tareas de limpieza en el hospital, el hogar de ancianos y otros lugares públicos.

—¿Quiénes van a estar presentes en esta reunión?

—Todavía no está confirmado, pero seguramente contemos con el intendente, el director del hospital, el comisario, el jefe de bomberos y supongo que los directivos de cada establecimiento educativo.

—Ahí estará LRI200 también, cubriendo la reunión para poder compartir las conclusiones con aquellos vecinos que prefieran no asistir.

—Sí, por favor, pedimos a la comunidad que adopte todas las medidas necesarias para protegerse y que no pierda la calma. También es muy importante comprar únicamente los víveres que hagan falta y no hacer acopio. No le sirve a nadie generar pánico y desabastecimiento.

—Muchísimas gracias una vez más por acercarse a la radio, Hugo. Y antes de ir a un tema musical, reiteramos dos consejos de Defensa Civil: primero, sellar con cinta adhesiva todas las ventanas e incluso las puertas que no se utilicen, para minimizar la entrada de ceniza a los domicilios. Y segundo, poner agua a hervir para humidificar el ambiente, porque la ceniza es altamente astringente. Así que, ya sabés, andá a buscar un rollo de cinta y una olla.

Los primeros acordes de «Y dale alegría a mi corazón», de Fito Páez, reemplazaron a la voz de Mario en la radio. Intenté relajar los músculos de la espalda, porque la tensión en los hombros hacía que las esposas se me clavaran en las muñecas. Apoyé la cabeza en la pared y, justo en la parte que la canción dice «las sombras que aquí estuvieron no estarán», noté el reloj en la pared detrás de Quiroga. Eran las 08:44. En poco más de una hora el teléfono de mi casa iba a sonar y yo tenía que estar ahí para atenderlo, costara lo que costara.

Capítulo 6

Martes, 13 de agosto de 1991, 9:46 a. m.

Cuando por fin me dejaron ir de la comisaría, hice el camino de vuelta corriendo. Mientras la respiración agitada me empapaba la nariz y la boca debajo de la máscara, solo podía pensar en cómo haría para conseguir mi declaración sin tener que esperar una semana.

Llegué a casa cuando faltaba casi un cuarto de hora para que me volvieran a llamar. Fueron catorce minutos larguísimos en los que creí que la cabeza me iba a explotar de tanto pensar.

El teléfono sonó a las diez en punto.

—Hola.

—Ibáñez. ¿Cómo va eso?

—Escuchame. Tengo la forma de explicar todo. Te voy a conseguir una prueba firme de que le entregué esos dólares a la policía.

—La mitad, Ibáñez. Entregaste la mitad. Lo que nosotros te estamos pidiendo es el otro millón y medio.

—Te puedo demostrar que no es así. En la declaración que hice en la policía consta que devolví los tres millones.

—¿Un papel? Ah, claro. Ningún problema —dijo con tono sarcástico—. Si vos presentás el justificante, deshacemos todo. Levantamos campamento y te entregamos a tu mujer sana y salva.

Nos quedamos en silencio durante unos segundos. Entonces me planteé por primera vez que este tipo no me había dado ninguna prueba de que tenía en realidad a Graciela, ni mucho menos de que no le habían hecho nada.

—¿Cómo sé que Graciela está bien? —pregunté.

—Te la estamos cuidando de maravilla.

—Quiero hablar con ella.

—¿No me creés?

—¡Quiero hablar con ella!

—Así se habla, con los huevos bien puestos. Espero que le pongas esa misma garra cuando las cosas se compliquen.

El secuestrador se quedó esperando mi reacción, pero no dije una sola palabra.

—Entiendo que quieras hablar con ella —continuó—, pero, como comprenderás, no está acá al lado mío.

—Entonces ¿cómo sé que está bien?

—Haceme una pregunta.

—¿Qué?

—Haceme una pregunta que solo ella pueda responder.

Pensé durante un momento.

—Preguntale qué pasó el día de la final del mundial del año pasado —dije.

—Muy bien. Te llamo en unas horas.

—Esperá.

—¿Sí?

—En serio, te juro que yo no tengo esa plata. Es todo un malentendido. De verdad...

—Mirá, Ibáñez. Te la voy a hacer clara. Vos solito te metiste en este quilombo haciéndote el héroe. Imaginate que te creo. Es algo hipotético, porque no te creo un carajo, pero imaginemos que sos buenito. Fue tu decisión entregar la guita a la policía. Si no te hubiera dado un ataque de honradez y te la hubieras quedado, como haría cualquier persona normal, ahora sería mucho más fácil salir de este despelote, ¿no?

—Pero no me la quedé. ¿De dónde quieren que saque un millón y medio de dólares? Soy enfermero, trabajo en el hospi...

Oí un clic al otro lado de la línea.

Me desplomé en una silla con el teléfono todavía en la mano. ¿Cómo iba a conseguir ese dinero? Si juntaba mis ahorros, vendía mi auto y pedía prestado al banco y a todos mis conocidos, no llegaba ni al diez por ciento.

Tenía que buscar otra salida. Tenía que convencer a los secuestradores, costara lo que costara, de que yo no les había robado. Y si no lo lograba, Graciela pagaría las consecuencias.

Colgué el teléfono y me pasé una mano por el pelo polvoriento. Tenía que calmarme e intentar pensar con la cabeza fría. Deambulé por el comedor mientras una voz dentro de mí me repetía una y otra vez que todo era mi culpa.

Al final, no había servido de nada hacer lo correcto. Había renunciado a no trabajar nunca más y a tener las finanzas resueltas de por vida para que la justicia divina me tratara como al más grande hijo de puta.

Capítulo 7

Martes, 13 de agosto de 1991, 10:09 a. m.

Apoyé la frente en el vidrio frío de la ventana. Por un momento tuve ganas de romperlo de un cabezazo, pero cerré los ojos y empecé a contar hasta diez, intentando tranquilizarme. Volví a abrirlos cuando iba por el cuatro.

En el patio gris, las huellas de Graciela sobre la ceniza ahora eran marcas amorfas difuminadas por el viento y pisoteadas por las mías.

¿Cómo la habían secuestrado? ¿Cómo habían logrado sacarla de casa? A la fuerza no había sido, porque en el perchero faltaba su abrigo y porque las huellas que se alejaban eran de una única persona. Entonces, ¿con qué motivo saldría por voluntad propia en el medio de la noche?

Fue en ese momento que recordé el episodio de cuatro meses atrás y até cabos. No pude creer que no se me hubiera ocurrido antes.

Me puse algo de abrigo, la máscara para respirar y las antiparras. Salí a la mañana oscura y recorrí con paso apurado los treinta metros que separaban mi casa de la de mi vecino Fermín Almeida.

Empujé el portón de la verja desvencijada y atravesé el patio delantero. A mis costados, unos pocos perales sin podar se doblaban hacia abajo por el peso de la ceniza. En el suelo, bajo el manto gris se adivinaban los contornos de botellas y otros objetos abandonados. Almeida debió de oírme porque abrió la puerta de su casa sin que yo la tuviera que golpear.

Me saludó levantando una mano. La otra le colgaba junto al muslo y sujetaba una botella a la que apenas le quedaban dos dedos de whisky. Me extrañó verlo tomando un Chivas y no su usual vino en caja.

—Vecino —dijo, sin invitarme a entrar, cuando me bajé la máscara que me cubría la cara.

—¿Desde qué hora estás despierto, Fermín?

—Desde que esta estaba llena —respondió, levantando la botella.

—Hora, Fermín. ¿Desde qué hora?

—No sé, Raulito. Tres, cuatro de la mañana. ¿Qué importa la hora el día que se acaba el mundo? Esto lo predijo Nostradamus, ¿sabías?

—¿Viste si paró algún auto frente a mi casa para que se subiera mi mujer? ¿Un Torino marrón?

—No veo, no escucho, no hablo, Raúl —respondió, tapándose sucesivamente los ojos, un oído y la boca con la mano que tenía libre.

—Fermín, es importante. No sé dónde está Graciela.

—¿Otra vez se fue en plena madrugada con el otro?

Di un paso hacia adelante y lo agarré de la camisa sucia que le cubría el cuerpo, agachándome un poco para que nuestros ojos quedaran alineados. El fuerte hedor a alcohol que emanaba mi vecino se imponía por encima del olor a azufre en el ambiente.

—¿Vos cómo sabés eso?

Fermín hizo una mueca burlona, fingiendo tener miedo. Luego habló imitando una voz femenina.

—Ay, qué miedo, mi vecino me está por pegar. Nos vamos a morir todos y el cornudo no tiene mejor cosa que hacer que agarrárselas con un pobre viejo borracho.

Abrí las manos y solté la tela por la que lo asía. Al fin y al cabo, Fermín no tenía la culpa de nada. Si mis sospechas eran ciertas, mi mujer efectivamente se había ido con su ex en plena madrugada.

Por segunda vez.

Cualquiera en el lugar de Almeida habría asumido que era para meterme los cuernos. Yo, sin embargo, sabía la verdad sobre el episodio de hacía cuatro meses.

Me di media vuelta y lo dejé ahí, balbuceando burlas y apurando la botella.

Dejando atrás la casa de Almeida, recorrí con paso apurado el kilómetro y pico que separaba nuestro barrio de la otra punta del pueblo.

Cuando llegué por fin al edificio de tres plantas en el que estaba el departamento de Esteban Manzano, me percaté de que las luces del alumbrado público seguían encendidas a pesar de que ya eran las diez y media de la mañana. Tendría que ser pleno día desde hacía dos horas, pero en vez del celeste limpio de una mañana de invierno, el cielo era una densa nube amarronada que dejaba pasar apenas el resplandor anaranjado del sol.

La puerta de la escalera estaba abierta, como casi todas en el barrio. En un rincón de la planta baja se había acumulado una duna de ceniza tan alta que tapaba el zócalo. Subí los escalones de cemento de tres en tres hasta llegar al rellano de Manzano.

Como todos los departamentos de ese barrio, este tenía dos puertas de chapa que daban a la escalera: una era la del comedor y la otra, la de la cocina. Golpeé esta última con el puño cerrado.

Esperé unos segundos y volví a golpear.

—Ya va —susurró alguien desde adentro.

Manzano me abrió en calzoncillos. Al verme, arrugó la cara de recién levantado en una señal de desconcierto y dedicó un momento a observarme detenidamente. Después dio un paso hacia atrás y apartó la cortina de la ventana de la cocina para mirar hacia afuera.

—¿Qué está pasando? —preguntó con los ojos puestos en la calle.

Se volvió hacia mí y me hizo señas de que pasara. Su gesto amistoso me sorprendió, porque nos odiábamos a muerte. Entonces me di cuenta de que todavía no me había reconocido.

Cuando me saqué la máscara, retrocedió un poco.

—¿Qué hacés en mi casa? ¿Qué querés? —preguntó en voz baja.

Noté que se apresuraba a cerrar la puerta que comunicaba la cocina con el pasillo de las habitaciones. Yo no había estado antes en esa casa, pero conocía muy bien su distribución porque era idéntica a muchas otras de ese barrio.

—¿Dónde está mi mujer? —le pregunté.

—¿Y yo cómo lo voy a saber? No la veo desde hace cuatro meses.

Di un paso hacia él y lo empujé en el pecho con toda mi fuerza. Trastabilló hacia atrás, pero logró agarrarse a una mesa y mantener el equilibrio.

—¿Otra vez la fuiste a buscar a mi casa en plena madrugada?

—¿Qué? ¿Cuándo?

—Anoche.

Manzano me miró desconcertado. Cuando habló, lo hizo con palabras rápidas pero sin subir el volumen.

—Estás paranoico, ¿sabés? No me moví de acá en toda la noche. No sé qué quilombo hay entre vos y tu mujer, pero yo no tengo nada que ver. ¿Me entendiste?

Esteban Manzano me devolvió el empujón y me cerró la puerta en las narices. Levanté el puño para volver a llamar, pero se me ocurrió una idea mejor para averiguar si el auto que se había detenido frente a mi casa para recoger a Graciela era o no el de Manzano.

Di media vuelta y bajé los escalones hasta la calle. Corrí hacia el Torino marrón estacionado a pocos metros y limpié con la mano la ceniza de la ventanilla del acompañante, pero los vidrios negros me impidieron ver el interior. Al tantear la puerta, se abrió con un chirrido abrasivo, como si alguien hubiera engrasado las bisagras con arena. La llave estaba puesta, como en la mayoría de los coches de Deseado en aquella época.

Le saqué el freno de mano y me aseguré de que la palanca de cambios estuviera en punto muerto. Luego rodeé el vehículo y lo empujé por detrás hasta moverlo unos centímetros.

Me agaché para examinar la calle y vi una fina capa de ceniza aplastada en los puntos donde habían estado las ruedas. Eso significaba que el auto se había detenido en ese lugar *después* de las tres de la mañana, que era cuando había empezado a caer el polvo. O sea, Manzano acababa de mentirme.

Para asegurarme, metí medio cuerpo por la puerta del conductor y tiré de la palanca que abría el capó. Levanté la tapa para acceder al motor y desenrosqué el filtro de aire hasta quedármelo en la mano. Al golpearlo contra mi palma, una gran cantidad de polvo se desprendió de las aletas de papel.

—Eh, ¿qué estás haciendo? —me gritó Manzano desde la puerta de la escalera, dirigiéndose hacia mí con paso apurado.

El ex de Graciela se detuvo a medio camino para mirar el cielo y a su alrededor. Estaba perplejo, tratando de decidir si le preocupaba más que yo le estuviera desarmando el auto o la nube de tierra sobre nuestras cabezas.

—¿Así que estuviste en tu casa toda la noche? —le dije—. Y entonces ¿cómo puede ser que haya ceniza abajo de las ruedas y en el filtro de aire?

—¿Ceniza?

—Entró en erupción un volcán en Chile y las cenizas se volaron hasta acá.

Antes de que me pudiera responder, di un paso hacia él y lo agarré del abrigo que se había puesto sobre el pijama.

—¿Dónde está mi mujer?

—Ya te dije que yo no…

Manzano dejó la frase a medias y se quedó mirando la puerta abierta del Torino.

—¿Vos corriste el asiento para adelante? —me preguntó, librándose de mi agarre con un ademán rápido.

Sin esperar a que le contestara, se sentó en su auto.

—No —le dije—. Ni siquiera me subí.

Manzano se señaló las rodillas, tan dobladas que rozaban la parte de abajo del volante.

—Alguien lo usó durante la noche —dijo, mirando por el retrovisor—. El asiento está corrido hacia adelante, y el espejo también está cambiado. Fijate, mirá, vos y yo tenemos la misma altura.

Se bajó y me señaló el asiento. Al sentarme comprobé que, efectivamente, estaba configurado para alguien de mucho menor estatura.

—Mostrame que no la tenés en tu casa —dije, bajándome del Torino.

—Dejate de joder, Raúl. Encima de que me venís a hacer un escándalo me querés exigir que…

Pero antes de que pudiera terminar, yo ya estaba corriendo en dirección a la escalera.

—Pará, no. No entres, Raúl.

Subí los escalones a toda velocidad, oyendo los pasos de Manzano tras los míos.

Abrí la puerta de la casa y me dirigí directo a las habitaciones. En la primera encontré una cama vacía, perfectamente hecha, cubierta por una colcha rosa. Las paredes estaban adornadas con pósteres de Disney y del techo colgaba un móvil con hadas. No había nadie.

Puse la mano sobre la puerta de la segunda habitación, pero Manzano llegó justo a tiempo para bloquearme la entrada. Forcejeamos un poco hasta que finalmente logré accionar el picaporte y ambos irrumpimos en el cuarto casi abrazados.

Una silueta comenzó a moverse lentamente debajo de las sábanas revueltas de la cama matrimonial. Me bastó con ver el pequeño brazo que asomó entre las telas para darme cuenta de que acababa de cometer un error. Una niña de unos cuatro años se sentó en la cama y, tras pasarse las manos por la cara, abrió apenas los ojos.

Al verme, soltó un grito con toda la fuerza de sus pulmones. Su padre se apresuró a sentarse a su lado para consolarla, pero ella no me quitó los ojos de encima. Parecía que acabara de ver a un monstruo.

Me di media vuelta y los dejé ahí, sin siquiera tener la decencia de pedirle perdón a la niña o a su padre.

Al salir de la habitación vi mi reflejo en el espejo al final del pasillo. Era una figura completamente gris con antiparras sobre la frente y una máscara de plástico colgando del cuello. Las lágrimas constantes que salían de mis ojos irritados habían formado un grotesco antifaz de barro marrón.

Efectivamente, la hija de Esteban Manzano había visto un monstruo.

Capítulo 8

Martes, 13 de agosto de 1991, 11:12 a. m.

Caminé derrotado de vuelta a casa. Si bien cabía la posibilidad de que la cara de asombro de Manzano y su numerito con la posición del asiento y el retrovisor no fueran más que intentos por despistarme, algo en su actitud me decía que su sorpresa era genuina.

En cualquier caso, más allá de cómo habían raptado a Graciela, lo importante era liberarla. Según lo veía, tenía dos opciones: o convencía a los secuestradores de que no les había robado o pagaba el rescate. Esto último era imposible, así que, para cuando llegué a mi casa, tenía claro que solo había un camino. Prefería transitarlo a quedarme donde estaba, incluso a pesar de que el secuestrador me había asegurado que no me llevaría a ninguna parte.

Del cajón de la mesita del teléfono saqué la guía con todos los números de las tres provincias de la Patagonia austral. Recorrí con el dedo las páginas de Puerto Deseado hasta llegar a la letra L. Había una sola línea de teléfono en todo el pueblo a nombre de alguien de apellido Lupey.

Melisa Lupey, la única mujer policía de Puerto Deseado, había sido compañera mía en la secundaria. También era la persona que yo más había lastimado en toda mi vida.

Tomé aire e hice girar el disco de mi teléfono para marcar los cinco dígitos. Su voz gruesa, casi masculina, atendió al tercer tono.

—Hola.

—¿Melisa?

—Sí, ¿quién habla?

—Soy Raúl Ibáñez. ¿Cómo estás?

—¿Raúl? ¿Qué querés?

—Necesito pedirte un favor.

—¿Que yo te haga un favor a vos?

—Es importante.

—Me imagino. Si no, no tendrías la caradurez de llamarme.

—Es de vida o muerte, Melisa.

—Entonces andá a la comisaría.

—En la comisaría no me dan bola. Están hasta las manos con el tema de la ceniza.

—¿Tiene algo que ver con la guita que encontraste en el accidente?

—Sí, aparecieron los dueños. Me están apretando, acusándome de que me quedé con una parte.

—No me extrañaría.

—Vos sabés muy bien que yo soy un tipo honesto.

—También sos la última persona en el mundo por la que pondría las manos en el fuego.

—¿No me lo vas a perdonar nunca? Teníamos dieciséis años, Melisa.

Cerré los ojos y sentí esa presión en el pecho que aparecía con los recuerdos de los que uno se avergüenza profundamente. Con la nitidez de una película, reviví la tarde de primavera en la que Melisa me había pedido que nos fuéramos juntos después del colegio y el corazón casi se me había salido por la boca.

Desde principios de año yo había desarrollado una obsesión con Melisa Lupey. Además de que me atraía físicamente a rabiar, el trato con ella era muy diferente al que había tenido con cualquier otra chica en mi corta vida. Y no dudé en hacérselo saber con directas e indirectas que ella siempre encajaba con una sonrisa. Una sonrisa que, indudablemente, significaba que yo iba por el buen camino.

Para noviembre, cuando el curso estaba por terminar, yo era como un globo inflado al máximo que podía explotar en cualquier momento.

El timbre sonó, como siempre, a las cinco y media de la tarde. Nos escabullimos juntos al pequeño pinar que separaba nuestro colegio de la escuela primaria con la que compartía manzana. Nos sentamos, como muchas otras veces, hombro con hombro debajo de uno de los pocos pinos de todo Puerto Deseado.

—Roli —me dijo ella pasándose una mano por el pelo en un gesto que yo había aprendido a traducir en nervios o incomodidad—, yo te gusto, ¿no? Como mujer, me refiero.

Sonreí. Por fin había llegado el momento de abrir las compuertas y dejar salir todo lo que me venía guardando desde hacía meses.

—Me encantás, Melisa. No puedo parar de pensar en vos ni un minuto. A veces pienso que estoy obsesionado. Otras, que estoy enam…

Me puso un dedo sobre los labios. Después miró hacia abajo y se aclaró la garganta.

—Yo no…, yo… te quiero. Te quiero mucho, de verdad. Pero como un amigo.

—Porque somos amigos —dije, tomando su mano entre las mías y acariciándole las venas azules del dorso—. Nos llevamos genial. Nos encanta pasar tiempo juntos. O, bueno, por lo menos a mí me encanta.

—A mí también —se apresuró a decir ella.

—Entonces ¿por qué no podemos ser algo más?

—Porque no me atraés físicamente, Roli.

Apoyé la cabeza en el tronco del pino, intentando encajar el golpe con la mayor decencia posible.

—Eso no quiere decir que no seas un chico precioso. De hecho, no sé si sabías, pero tenés varias admiradoras en tercero. En los recreos hablan de tus ojazos, de tus dientes, de tu pelo. ¡Están obsesionadas!

Forcé una sonrisa.

—¿Qué es lo que no te gusta de mí? —quise saber.

—Es difícil de explicar.

—No, en serio. ¿Por qué te parezco feo?

—¿Feo? No, no, no me parecés feo. Al contrario, sos uno de los chicos más lindos que conozco.

—Melisa, no hace falta que me mientas. Si no te atraigo físicamente es porque...

—Es porque ningún hombre me atrae físicamente.

—¿Qué? —pregunté, poniéndome de pie.

—Me gustan las mujeres, Roli —susurró, mirando a ambos lados—. Creo que soy lesbiana.

Las mariposas en mi estómago cayeron muertas todas a la vez al darme cuenta de que, ante lo que acababa de decirme Melisa, no había nada que yo pudiera hacer para ganarme su amor. Entonces salí corriendo con toda mi fuerza, dejándola atrás mientras ella gritaba mi nombre.

Aquella tarde fue la primera vez que lloré por amor. Y al llanto le sobrevino una rabia enorme, un deseo de venganza horrible, como si ella hubiera decidido ser lesbiana solo para joderme a mí.

Al día siguiente no tuve mejor idea que desparramar su secreto por todo el colegio.

En lo poco que le quedaba al año lectivo, Melisa perdió a todas sus amigas. Si tenía una discusión con alguien, enseguida le gritaban «marimacho» o «tortillera» con asco, como si fuera la peor lacra. Una enferma. Una aberración.

Quizá sea difícil entender hoy el dolor que le hice pasar a Melisa. Pero si la homosexualidad sigue siendo un estigma en nuestros días, en Puerto Deseado a fines de los setenta, era simplemente inaguantable. En un pueblo de tres mil habitantes en el que nunca nadie había reconocido abiertamente ser homosexual, contar el secreto de Melisa fue el golpe más duro que le pude haber dado.

—Teníamos dieciséis años —repetí al teléfono.

—Sí, una edad en la que ciertas cosas te pueden marcar para siempre.

—Fue hace casi media vida, Melisa. Te juro que me duele cada vez que me acuerdo.

—Más me dolió a mí, te lo puedo asegurar.

—¿Qué tengo que hacer para que me perdones?

—Para empezar, no llamar para pedirme un favor después de trece años de no dirigirnos la palabra.

—Si no fuera importante, no te estaría llamando. De verdad, creo que estos tipos son peligrosos. No tengo nada para ir a denunciarlos, pero me preocupa que me hagan algo a mí o a mi mujer. Y creo que la única forma de que me dejen en paz es consiguiendo la declaración que me tomó el comisario el día que devolví la plata.

—Andá a pedirla a la comisaría.

—Ya fui. Pero me dicen que hasta el lunes que viene no me la pueden dar.

—Entonces vas a tener que esperar.

—¡No puedo esperar!

—Mirá, Raúl. Es muy sencillo. Si creés que tu vida o la de algún familiar corre peligro, denuncialo. Si no, esperá hasta el lunes. Y tanto si decidís hacer una cosa o la otra, a mí dejame en paz.

Una vez más, me quedé con la palabra en la boca y el auricular pegado al oído escuchando el tuuuu monocorde.

Colgué al aparato con la mirada fija en la guía de teléfonos abierta. Pasé un dedo por el papel y el recorrido quedó marcado con una estela gris. En los pocos minutos que había durado mi conversación con Melisa, se había cubierto de polvo.

Capítulo 9

Martes, 13 de agosto de 1991, 11:28 a. m.

Todavía tenía los ojos perdidos en las diminutas letras y números de la guía telefónica cuando la campanilla del aparato volvió a sonar.

—¿Melisa? —atendí.

—Sí, soy Melisa. Ando con un poco de catarro y por eso tengo voz de camionero.

Al reconocer a Alejo, mi único hermano, forcé una carcajada.

—¿Cómo andás, Ale? —le pregunté, intentando disimular el tembleque de mi voz.

—¡Peluche!, ¿qué hacés, loco? ¿Todo bien? Me enteré de lo de la ceniza.

Alejo me llevaba dos años y me llamaba Peluche desde que, durante mi adolescencia, se me había alfombrado el pecho de pelo negro. A falta de un padre en nuestra familia, él había sido mi consejero en temas que jamás se me hubiera ocurrido plantearle a nuestra madre. El sexo, por ejemplo. O cómo afeitarme la garganta sin cortarme.

Al terminar la secundaria, Alejo había decidido ignorar la insistencia de mamá para que estudiara en la universidad y se fue a Comodoro a buscar trabajo en la industria del petróleo. Y lo cierto fue que, con carrera universitaria o sin ella, mi hermano era brillante. En el petróleo le fue muy bien, muy rápido. A los veinticuatro años ya era supervisor de una zona y tenía a su cargo más de cien pozos petroleros. Cuando mamá murió, unos años después, era coordinador de siete de esas zonas. Y aunque a ella se le llenaba el pecho de orgullo cuando hablaba de Alejo, nunca dejó de insistirle con lo de la universidad.

Hacía un año, justo antes de cumplir los treinta y uno, la empresa para la que trabajaba le había ofrecido un puesto de gerente de operaciones. Eso significaba estar a cargo de todo lo que pasaba de la superficie para arriba en un yacimiento petrolero. Cada camión, cada aparato de bombeo y cada parte del oleoducto serían su responsabilidad. Entre empleados y contratistas, más de trescientas personas responderían a Alejo.

Desde luego, una oferta así era el sueño húmedo de un adicto al trabajo como él, y no dudó en aceptarla. Ni siquiera lo detuvo que el yacimiento estuviera en la provincia de Salta, casi tres mil kilómetros al norte de su casa. Mudarse a la otra punta del país para Alejo era un detalle.

—Sí, Ale, todo bien —mentí—. Tenemos al pueblo medio revolucionado, pero es normal.

—Pero ¿ustedes están bien? —insistió—. ¿Vos, Graciela?

—Sí, por suerte nosotros…, nosotros bien.

—¿Qué te pasa, Peluche? Te noto raro.

Desde el día en que le rompí el primer juguete e intenté esconderlo, mi hermano había tenido siempre un ojo clínico para detectar mis mentiras.

—Claro que estoy raro. Imaginate que no sabemos qué consecuencias puede tener esto en la salud. La poca gente que anda por la calle parece que va a una guerra química. También escuché en la radio que están comprando víveres a lo loco y los precios están subiendo un montón.

—¿Necesitás plata?

«Sí, un millón y medio de dólares», pensé.

—No, no necesito plata.

—Si te llega a hacer falta cualquier cosa, avisame, ¿eh? E intenten quedarse tranquilos en casa. No sé… Aprovechalo para disfrutar con Graciela, que nunca viene mal acurrucarse. De hecho, anotá esto: dentro de nueve meses va a haber un récord de nacimientos en Deseado. Le van a llamar la generación de la ceniza.

—¿Vos no pensás nunca en otra cosa?

—Peluche, después de esta, no hay otra. Disfrutá. Aprovechá el encierro. Sacale punta, hermano.

Forcé una risita antes de contestarle.

—Gracias por llamar, Ale. Quedate tranquilo que estamos bien. Disfrutá del aire puro vos que podés.

—Ah, esperá, ¿te puedo contar una buena noticia?

—Sí, por supuesto —dije, a falta de una excusa.

—Me ofrecieron trabajo en Punta Arenas.

—¡Felicitaciones! No sabía que había petróleo ahí también.

—Muchísimo. Además, allá la economía es mucho más estable que en Argentina.

—¿Te vas para Chile, entonces?

—Lo estoy pensando. Tengo un mes para responderles. El sueldo es un poco mejor y las posibilidades de cara al futuro creo que también.

—¿Cuál es la parte mala entonces?

—No sé. Es demasiado remoto y hace frío. Mucho más que en Deseado. Pero la verdad es que la oportunidad es realmente muy buena.

—Estaríamos más cerca.

Oír la risa de mi hermano del otro lado de la línea fue una buena señal. Ya no sospechaba que le estaba mintiendo.

—¿Cerca? Punta Arenas está a mil kilómetros de Deseado.

—Mil es menos que tres mil, ¿no?

—Eso es cierto —dijo, todavía riendo—. Bueno, Peluche, te dejo porque tengo que entrar a una reunión. Si llegan a necesitar plata o cualquier cosa, avisen. En serio.

—*Seeeeee* —respondí con hastío—. Vos tranquilo. Seguí llenándote de guita que alguien de la familia nos tiene que sacar de pobres, y no creo que vaya a ser el enfermero militar reconvertido en civil.

—No te hagas el humilde que todos sabemos que con la soldadura la estás juntando con pala.

—Qué boludo que sos.

Capítulo 10

Jueves, 6 de diciembre de 2018, 11:36 a. m.

Aparta un poco la máquina de escribir y saca del bolsillo de su abrigo una libretita apenas más grande que una tarjeta de crédito. Vino preparado, porque sabe que reunir el coraje para hacer lo que está por hacer no le resultará fácil.

Está a punto de abrirla, pero se convence de que antes necesita hacer pis. Entra al baño y hace un esfuerzo por no mirar alrededor. Se concentra en lo suyo. Permanece frente al inodoro vacío, con la vista fija en la estela de sarro que baja por la cerámica curva.

Al cabo de un minuto sale un chorro breve, apenas un goteo rápido. Empuja el botón de plástico embutido en la pared y un agua verdosa descarga por primera vez en muchos años.

Vuelve al comedor y, entonces sí, ya sin excusas que le permitan ganar más tiempo, abre la libreta en la primera página. Ahí, en ese rectangulito de papel, le caben todos los motivos para hacer lo que vino a hacer. Es una especie de índice que viene preparando hace meses en el que cada línea es un porqué.

Barre con la vista la pequeña hoja hasta detenerse en el tercer renglón, que es uno de los pocos que están subrayados. Aunque no le hace falta, lo lee: «22/12/2010 *e-mail*».

Busca en el teléfono el *e-mail* que le mandó su hijo en esa fecha, hace ocho años. Antes de abrirlo por enésima vez, se pregunta cuál es el germen de todo esto. ¿En qué momento decidió que la única forma de ayudar a Dani y a su madre era venir a Puerto Deseado de incógnito y esconderse en una casa abandonada?

Como siempre que lo piensa, termina concluyendo que es imposible identificar un punto exacto en el tiempo. Alguna vez leyó que si se mete una rana dentro de una olla con agua hirviendo, el animal salta del recipiente inmediatamente, intentando salvar su vida. Pero si se la pone en agua fría y luego se le enciende un fuego debajo, pasa de estar nadando a estar hervida sin darse cuenta.

Él se siente como esa rana. Y lo peor de todo es que no es el único habitante de la olla.

Sus recuerdos se remontan a veintisiete años atrás, cuando ella le anunció que iban a tener un hijo. Diría que fue en ese momento cuando se encendió el fuego a sus pies. Un fuego que ella alimentó con cambios de humor constantes, agresividad infundada hacia él y manipulación psicológica.

Durante el embarazo, los psicólogos atribuyeron estos altibajos a los cambios hormonales. En los primeros meses de vida de Dani, los psiquiatras le echaron la culpa a la depresión posparto. Pero los años demostrarían que la revolución de hormonas, sin duda real, no era la causa de nada, sino más bien un velo opaco enmascarando el verdadero agujero negro que crecía dentro de su mujer.

Y él no se perdona no haberlo descorrido a tiempo. Tuvo tres años para juntar el coraje, la determinación o lo que carajo le hubiera hecho falta. Pero no lo hizo. Mientras pudo, prefirió no asomarse. Hasta que un día una fuerza enorme arrancó el velo de cuajo y entonces fue demasiado tarde: él y Dani, cuyo mayor desafío en la vida había sido dejar los pañales, se vieron arrastrados hacia el lugar más oscuro que conocerían nunca.

Respira hondo y vuelve al teléfono, que gira en sus manos. Entonces sí, hace clic en el *e-mail* y lo lee una vez más.

De: Dani Ibáñez <dani.ibanez.vet@hotmail.com.ar>
A: Raúl Ibáñez <raulibanez62@yahoo.com.ar>
Fecha: 22 de diciembre de 2010
Asunto: Más vale tarde que nunca

Papi,

¿Cómo andás? Espero que bien. Yo ya estoy de vuelta en Deseado después de los últimos exámenes finales. Me fue muy bien en todos, por suerte.

Mirá, sé que las cosas entre nosotros no han estado muy bien últimamente. Me pasé todo este año creyendo que era tu culpa y que eras un mal tipo. Y me esmeré para hacértelo saber. Por eso te escribo para pedirte perdón, pero también para explicarte las razones de mi distanciamiento.

Ponete en mi lugar: hace apenas diez meses me fui a estudiar a Rosario dejando en Deseado unos padres que vivían juntos y que, según yo creía, se querían. En julio, cuando volví para las vacaciones de invierno, eso se había esfumado.

Sé que estuve mal, pero también sé que me vas a entender. Imaginate cómo hubieras reaccionado vos si volvés a tu pueblo, tus viejos están separados y no te dijeron nada. Encima tu papá te anuncia que se va a ir a vivir a la cordillera, donde no estuvo más que de vacaciones y no tiene trabajo ni amigos.

Reconozco que te detesté. No porque te separaras de mamá, sino porque decidiste dejarla sola, abandonada, sabiendo que estaba pasando por un momento tan inestable.

Recuerdo perfectamente la frase que me dijiste el día antes de que me volviera a Rosario: «Nosotros tenemos que hacer nuestra vida, hijo». Me fui de Deseado furioso, sin entender por qué hablabas en plural, metiéndome a mí en tu misma bolsa.

Pero durante la segunda mitad del año comprendí muchas cosas. Los mensajes manipuladores de mamá empezaron de a poco. Primero pensé que era la tristeza propia de estar separada de mí, hasta que un día me mandó uno que no me voy a olvidar más: «Prefiero que mi hijo sea basurero y esté cerca a que sea veterinario y esté lejos».

Le respondí sin ir al choque, intentando explicarle que la veterinaria es mi vocación y que no quiero pasarme toda la vida amargado por no haber hecho lo que me apasiona. Pero supongo que a alguien en el estado en el que está mamá, estas cosas no le hacen mella.

A fines de septiembre me llamó por teléfono para pedirme que le comprara tres cajas de Chanel número 5, porque en Deseado no lo conseguía. Le dije que esos días tenía exámenes, pero que la semana siguiente las compraba y se las mandaba. ¿Sabés lo que me respondió? Que ella no quería ser un estorbo y que a veces se preguntaba si no sería mejor dejarme tranquilo para siempre. ¡Eso me dijo por unos putos perfumes!

Me acuerdo que le colgué para no mandarla a la mierda. Intenté tranquilizarme un poco, repitiéndome que mamá dice cosas que no quiere decir. Al rato la volví a llamar para pedirle perdón, y al día siguiente le compré los perfumes.

El resto de los meses del año fueron una seguidilla de extorsiones de este tipo: «No me llamás nunca, no sé para qué sigo viva», o «El día de la madre me llamaste retarde. Andá a saber qué te hizo acordar que tenés una. Seguramente cuando esté en el cementerio no te olvidás de ir a llevarme flores».

Volví a Deseado hace dos semanas, a mediados de diciembre. La encontré bastante contenta. Incluso me sorprendió que hubiese armado el arbolito de Navidad. Pasamos unos días muy lindos, hasta que en un momento me preguntó si yo tenía intención de quedarme en Rosario cuando terminara Veterinaria. Le dije que no sabía, porque para eso faltaba mucho, y me respondió que si yo no volvía, no le veía el sentido a seguir viviendo.

Entonces exploté, papá. Te juro que intenté contenerme, pero no pude. Le dije que me dejara de joder, que no podía amenazarme con matarse cada vez que yo hacía algo que no le gustaba. Le pedí que se imaginara por un momento lo difícil que era para mí llevar una vida normal con toda esa presión.

Estuve mal, pero nunca pensé que ella lo iba a interpretar así. Debajo de toda mi rabia, realmente le estaba pidiendo a gritos que se recuperara. Pero entendió que yo quería que desapareciera de mi vida y entonces hizo lo que hizo.

A veces creo que fue para llamar la atención, porque nadie que realmente se quiera suicidar tirándose al agua camina hasta la playa en pijama en pleno día. De hecho, por lo que dijo después el pescador que la rescató, había por lo menos diez personas mirándola mientras se metía a la ría. Pero, por otro lado, pienso que si no lo hubiera querido en serio, no me habría dejado una carta despidiéndose y diciéndome que yo estaría mejor sin ella.

De cualquier modo, no la puedo dejar así. Además, si me voy a Rosario sé que no voy a poder concentrarme en estudiar, entonces prefiero quedarme el año que viene en Deseado. Quién sabe, a lo mejor mejora y en 2012 puedo retomar la facultad.

Bueno, papá, seguramente te estarás preguntando por qué te escribo todo esto después de seis meses en los que apenas tuvimos contacto. Es para decirte que te entiendo. Entiendo que mamá es una esponja que le chupa la energía a los que están cerca de ella. Supongo que vos ya no podés más y por eso te fuiste a la Cordillera.

Quiero que sepas que no te culpo. Al contrario, te agradezco por haberme protegido de esto durante tantos años. Ahora me toca a mí relevarte para que puedas respirar un poco.

Te quiero mucho y espero de corazón que me per-
dones por lo mal que te traté este año.

¡Feliz 2011!
Dani

Lucha para que el nudo que le aprieta la garganta no le arranque lágrimas. Sabe que es absurdo porque, aunque llorara, ahí no hay nadie para verlo. Pero no quiere llorar. Lo que quiere es terminar con todo esto de una vez. Por su hijo.

Entonces vuelve la duda que lo carcome desde hace más de dos décadas. La duda que le causó cientos de noches de insomnio y a la que le debe la úlcera que tiene en el estómago. ¿Qué habría pasado si él hubiera hecho las cosas de manera diferente?

Cierra los ojos y se concentra en su respiración. Intenta seguir las instrucciones de su profesora de yoga, que le dice que cuando viene un pensamiento, lo observe y lo deje ir para volver a poner la mente en el momento presente. Pero ¿cómo dejar ir algo así? ¿Cómo ignorar una flecha clavada en el pecho desde hace tanto tiempo? No lo sabe, pero lo intenta.

Para cuando termina el ejercicio de respiración, se siente un poco mejor. Entonces se repite, una vez más, que no fue su culpa. Que no había forma de verlo venir. Que ni él, ni el psicólogo, ni ella misma probablemente, podrían haber predicho que una tarde de primavera, a doscientos metros del taller donde él le enseñaba a uno de sus nuevos empleados a soldar una válvula de oleoducto, ella dejaría a Dani en el comedor para encerrarse en el baño a cortarse las venas.

Ahora, que ya pasaron muchos años, se pregunta si no hubiera sido todo mucho mejor si hubiese tenido éxito. Es decir, si él no hubiera vuelto a la casa por casualidad, para buscar unos papeles de la empresa, justo a tiempo para tirar la puerta abajo y llevarla al hospital donde le hicieron la transfusión que le salvó la vida.

Si ella hubiera muerto en aquel momento, el dolor habría sido extremo pero único. Una herida que, con el tiempo, les hubiera dejado una cicatriz imborrable y no este corte infecto que supura constantemente.

De haberle salido bien la primera vez, él no habría tenido que ocultarle a Dani que, dos años después, ya de vuelta en Puerto Deseado, su madre se había tragado cuarenta pastillas con media botella de vodka. Ni habría tenido que explicarle por qué durante el año en que su mamá volvió a trabajar de maestra en su colegio, los compañeritos le preguntaban a él si era verdad que estaba loca.

Tampoco se habría enterado, mucho tiempo después, que el motivo por el que su mamá duró un solo año no tuvo nada que ver con su desempeño como maestra. La habían apartado del cargo por las quejas de los padres ante su pasado suicida. Unas quejas que empujaron a la directora a exigir nuevos estudios a pesar del alta del psiquiatra. Dani no le habría preguntado a él, antes de terminar la primaria, por qué su mamá era la única jubilada sin canas ni arrugas. «Con el dinero que gana papá en su empresa, mamá no necesita trabajar», tuvo que decirle. Y era verdad. Pero también era verdad que mamá quería trabajar, y lo hubiera hecho hasta gratis, pero su enfermedad no la dejó.

Y quizá lo más importante de todo: si ella se hubiera matado cuando Dani tenía tres años, las muchas otras amenazas e intentos de suicidio que vinieron después no serían parte de sus vidas.

Vuelve a pensar en la rana dentro de la olla. Por algún misterio de la biología, el animal no logra la lucidez necesaria para no morir hervido. Él, en cambio, sabe perfectamente que hay fuego bajo la olla en la que está metido con su hijo. Y sabe que, aunque ya tienen la piel cubierta de llagas, todavía están a tiempo de saltar. O, por lo menos, de que uno de los dos salte, apague el fuego y salve al otro.

Capítulo 11

Martes, 13 de agosto de 1991, 5:56 p. m.

Durante la tarde del primer día del secuestro, esperé un nuevo llamado del tipo de la voz gangosa, que nunca llegó.

Cuando se hizo de noche —o, mejor dicho, cuando se apagó la claridad grisácea que atravesaba a duras penas la bóveda de ceniza—, decidí forzarme a comer algo. En uno de los estantes de la heladera encontré un táper naranja con dos hamburguesas caseras que había hecho Graciela el día anterior. Lo abrí con intención de cocinarlas, pero el olor a ajo y carne cruda me produjo arcadas. Decidí que sería mejor tomar unos mates con pan y mermelada.

Mientras masticaba sin ganas, llamé a la casa de Coco Hernández para ver si podía pasar a buscar mi auto. Me dijo que lo tenía casi listo, que le había vaciado el aceite y solo le faltaba cambiarle el filtro y ponerle aceite nuevo.

—Si fuera un día normal, en una hora de trabajo te lo podría tener listo, pero con esta ceniza es imposible laburar. Tengo el taller cerrado —se excusó.

Corté arrepintiéndome una vez más de haberle llevado el auto. Como si Coco tuviese algo que ver con lo que me estaba pasando.

Poco antes de la medianoche, arrastré el colchón de la cama de la habitación pequeña hasta el comedor, dejando marcada una estela de ceniza en el suelo. Pasé la noche a los pies de la mesita del teléfono, despertándome cada hora. Tras comprobar que el aparato seguía teniendo tono y que afuera todavía era de noche, volvía a acostarme y dar mil vueltas hasta lograr un duermevela débil. Entonces el ciclo volvía a empezar.

El intervalo más largo fue el último. Cerré los ojos a las cinco y media de la mañana y volví a abrirlos a las siete menos cuarto. Al levantarme me asomé a la ventana. Todavía no había amanecido, pero así y todo se notaba que la visibilidad era aún peor que la del día anterior.

A mis pies, algo atrajo mi atención. Debajo del trapo húmedo que había puesto contra la puerta para que no se colara la ceniza asomaba la esquina de un papel. Lo levanté con cuidado de no romperlo. Estaba tan manchado que parecía que lo hubieran arrastrado por el barro.

Enseguida descubrí que eran dos hojas, casi pegadas una a la otra por la humedad del trapo. Las aparté delicadamente. Una era una copia del testimonio que yo le había dado al comisario ocho días atrás. La otra, una escueta nota escrita a mano: «Al final tuve un momento en la comisaría y pude conseguirle esta copia certificada. Espero que le sirva. Su vecino».

Sonreí. José Quiroga, el mismo policía que me había esposado cuando perdí los estribos, me hacía empezar el día con el pie derecho.

Extendí la copia de mi declaración sobre una bandeja de horno y la puse encima del calefactor. Con el calor, pronto se secaría y podría manipularla sin riesgo.

Mientras esperaba, me preparé un té con leche en la cocina repitiéndome que necesitaba desayunar algo. Abrí un paquete de galletitas y puse tres sobre la mesa, prometiéndome comerlas a pesar de que mi estómago estaba tan cerrado como un puño. Hundido en mis pensamientos, tardé varios minutos en dar cuenta de las dos. Cuando empecé a masticar la tercera, los dientes me rechinaron de una manera que ya comenzaba a resultarme familiar. La galletita se había llenado de ceniza.

Mojé el trozo que me quedaba en el té e intenté tragarla sin masticar. Mientras la deshacía entre la lengua y el paladar, mi mirada iba y volvía del teléfono a la bandeja con la declaración. Aunque los secuestradores me habían dicho que un papel no solucionaba nada, yo me empeñaba en creer que esa copia podía ayudarme.

Pero ¿y si no me servía?

Tenía que considerar esa posibilidad, pero era como si una voz dentro de mí me repitiese que no me preocupara, que todo iba a salir bien. Una voz peligrosísima que me llevaba a la inacción.

Empujé los restos del desayuno para hacer lugar en la mesa polvorienta. Abrí una libreta en la que la noche anterior había anotado por cuánto podía vender cada una de mis pertenencias y qué cantidades podía pedir prestadas a mi hermano y al banco. Comparado con un millón y medio de dólares, el número total era dolorosamente bajo.

Me levanté de la silla y encendí la radio para intentar distraerme.

... muy importante mantener la calma. No desesperarse y estar atento a las recomendaciones que van emitiendo cada pocas horas la dirección del hospital y también la asociación de Defensa Civil.

—Una última pregunta y lo dejo, señor comisario, porque me imagino que estará muy ocupado. ¿Usted recomendaría que, quien tenga la posibilidad, se vaya

de Puerto Deseado hasta que las cosas vuelvan a la normalidad? ¿O al menos hasta que se tenga más información sobre la posible toxicidad de la ceniza?

—No, de ninguna manera. Como le dije, creo que lo importante en este momento es quedarse en casa sin perder la calma, sellando puertas y ventanas para mantener limpio el aire dentro de las viviendas.

—Si me disculpa el atrevimiento, comisario Rivera, tenemos entendido que usted mismo envió a su mujer y a sus dos hijas a Comodoro Rivadavia, ¿esto es así?

Hubo una pausa incómoda y unos ruidos ininteligibles antes de que el jefe de la policía finalmente pronunciara su respuesta.

—Creo que mi caso es diferente. La menor de mis dos hijas es asmática. Por eso, con mi mujer tomamos la decisión de que se fueran unos días a lo de mi cuñada, en Comodoro.

—¿O sea que para las personas que sufren de asma sería mejor abandonar el pueblo durante un tiempo?

—Eso se lo tendría que preguntar al director del hospital.

—Lo voy a hacer, comisario. Tengo confirmada una entrevista con él dentro de un rato.

—Ahora, si me disculpa, tengo que seguir trabajando.

—*Por supuesto. Gracias por todo lo que está haciendo el cuerpo de policía en este momento terrible que vive Puerto Deseado.*

—*A ustedes.*

—*Ahí teníamos entonces al comisario Manuel Rivera comentándonos la labor de la policía durante estas primeras treinta horas de ceniza y también aconsejando a la población que no pierda la calma. En un rato hablaremos con el director del hospital sobre las consecuencias que podría tener este polvillo en la salud a corto y mediano plazo. Vamos a un tema musical y enseguida volvemos.*

Durante los tres minutos en los que Charly García cantó «No voy en tren», miré el teléfono mil veces, como si por observarlo tuviese más probabilidades de sonar. Cuando terminó la canción, decidí que si me quedaba así, de brazos cruzados, iba a volverme loco. Entonces me dispuse a sellar la casa, como no paraban de sugerir en la radio.

Encinté las ventanas de las habitaciones, la del baño, la del comedor y la de la cocina. Los marcos tenían tanto polvo que tuve que limpiarlos varias veces para lograr que la cinta se adhiriera. También sellé la puerta trasera.

Después me puse a barrer y una montaña de ceniza se acumuló enseguida bajo las cerdas de la escoba.

Abrí la puerta y la empujé hacia el jardín, aunque inevitablemente una parte volvió a entrar con el viento.

Como me pasaba siempre con las tareas monótonas, como lijar las costuras de una soldadura o recorrer las habitaciones del hospital durante el turno de la madrugada, las ideas en mi cabeza comenzaron a ordenarse. Mientras barría, decidí que, ahora que tenía la declaración, lo mejor era hacer un último intento de explicar el malentendido. Si los secuestradores me creían, liberarían a Graciela y toda esta pesadilla acabaría. Si no, no me quedaría otra alternativa que ir a la policía. Y por más colapsado que estuviera el pueblo, si tenía que ir a buscar al comisario a su bonita casa de piedra para que me escuchara, lo haría. Estaba seguro de que nadie en Puerto Deseado se encontraba en una situación de emergencia mayor que la de Graciela.

Cuando pasé la escoba junto al calefactor, arrastrando el tercer montículo de ceniza, noté que el papel con mi declaración estaba prácticamente seco.

Al leerlo, se me heló la sangre.

El texto era casi idéntico al que yo le había dictado al comisario. Casi, porque en la declaración que firmé, yo manifestaba haber devuelto una valija con tres millones de dólares. Pero según el papel que tenía frente a mis ojos, solo había entregado la mitad: un millón y medio.

Aquello era imposible. Examiné el documento con atención y me detuve en la firma sobre mi nombre. Se

Capítulo 12

Miércoles, 14 de agosto de 1991, 7:18 a. m.

Cuando sonó el teléfono, yo todavía sujetaba el papel reseco.

—Ibáñez. A ver si me creés ahora —dijo la voz áspera y nasal que ya empezaba a resultarme familiar.

Tras unos segundos de silencio en la línea, escuché algo que raspaba contra el micrófono del teléfono. No pude distinguir si era ropa, una barba o simplemente la mano áspera de quien lo sostenía. Luego oí un clic y una grabación con la voz lejana de Graciela se reprodujo en mi auricular.

—*Roli, mi amor, no te preocupes que estoy bien. Y no te olvides de que te quiero con todo mi corazón.*

Te quiero desde la tarde que nos fuimos juntos de la casa de Claudio Etinsky, cuando perdimos la final.

Esa era la respuesta a la pregunta que el secuestrador me había pedido que le hiciera a mi mujer. Solo ella y yo sabíamos que a las cinco de la tarde, cuando Alemania nos arrebató el Mundial en el último momento y todo a nuestro alrededor eran caras largas, nos habíamos ido a su casa y habíamos hecho el amor por primera vez. Desde aquel día, Graciela y yo siempre bromeábamos diciendo que perder esa final era lo mejor que nos pudo haber pasado. De haberla ganado, seguramente nos hubiéramos ido a festejar y quizá nada de lo que vino después habría sucedido.

—*Contale cómo te tratamos.*

—*Me tratan muy bien, Roli. Los dos me tratan bien* —respondió Graciela con tono neutral.

«Son dos», registré mentalmente.

Se oyó otro clic en la línea, anunciando el final de la grabación.

—¿Ves que está bien? —dijo el secuestrador.

Me mordí el labio, preguntándome qué me habría dicho Graciela si hubiera podido hablar sin censura.

—Ahora vamos al grano, que ya dimos demasiadas vueltas. Entreganos la guita así esto se termina cuanto antes.

—Escuchame, ustedes creen que me quedé con la mitad porque en mi declaración dije que entregué un millón y medio, ¿no?

—Así me gusta, que de una vez por todas reconozcas la verdad.

—No, no. Esa declaración es falsa. En la hoja que yo firmé constaban los tres millones, pero el comisario la cambió por otra donde solo se declara la mitad. El millón y medio que falta lo tiene él.

—¿O sea que ahora resulta que la guita se la quedó la policía?

—Sí, exacto.

—Decime una cosa, cuando vos te fuiste de la comisaría después de hacer tu buena acción del día y entregar los tres millones, ¿no se te ocurrió pedir una copia de la declaración en ese momento?

Callé. En las últimas treinta horas ya me había arrepentido suficientes veces de ese error.

—Te repito lo que te dije en mi primera llamada, Ibáñez. Tenemos a Graciela y pedimos un millón y medio de dólares de rescate.

Estiré el cable del teléfono casi al máximo para alcanzar la libretita en la que había hecho cuentas la tarde anterior.

—Miren, les ofrezco todo lo que tengo. Entre los préstamos que puedo pedir y vendiendo todo, incluyendo la casa, llego a treinta y cinco mil dólares.

Contuve la respiración. Me había imaginado que me diría que no, pero no que soltaría una carcajada tan potente que se le terminó transformando en tos.

—Eso es el dos por ciento de lo que nos debés.

—También se pueden llevar mi auto. Es bastante nuevo. Llévenselo a un desarmadero y yo sigo pagando las cuotas.

—Ah, entonces sí. Con el auto es otro cantar. Estaríamos hablando de un dos *y medio* por ciento.

Gritó la cifra con rabia, dejándome claro que ya no le quedaba ni un ápice de paciencia.

—Es todo lo que puedo conseguir. ¡Soy enfermero! ¿Cuánto se piensan que gano?

Hubo un largo silencio en la línea.

—¿Sabés qué? Trato hecho. Vos nos entregás esa guita y nosotros te entregamos el dos y medio por ciento de tu mujer. Es más, redondeamos en tres.

Tuve la sensación horrible de que el mundo se pausaba. Como si el viento afuera hubiera parado de golpe y las puntas de mis pies estuvieran asomando a un precipicio.

—Vos te pensás que estamos jugando, ¿no? —agregó.

—Por favor se lo pido. Me tienen que creer.

—A las dos de la tarde nos entregás toda nuestra guita o te devolvemos un fiambre. Dos en punto. Un millón y medio de dólares.

Clic. Me cortaron.

Estrellé el auricular con tanta fuerza que en el cuerpo gris del teléfono apareció una rajadura.

Capítulo 13

Jueves, 6 de diciembre de 2018, 2:47 p. m.

Agrega la página recién mecanografiada a la pila. Calcula que ya debe llevar unas cincuenta. Increíble. Se permite sonreír por un instante preguntándose cómo pudo ser tan naíf para pensar que podría resumir toda la historia en una simple carta.

Mira de reojo las hojas todavía en blanco. Por suerte, en el compartimento de la funda de la máquina había una buena cantidad. Calcula que le deben de quedar como cuarenta.

Más que suficiente. Cree.

Empuja la máquina de escribir para hacer lugar en la mesa y vuelve a abrir su pequeña libreta. Recorre de nuevo la lista de razones para estar ahí. Se detiene en otra que también subrayó: «20-09-2017, WhatsApp Dani».

Desbloquea su teléfono y busca en los contactos a su hijo. Antes de meterse en los mensajes, observa la foto de perfil. Como cada vez que lo ve, le resulta imposible no acordarse de su madre. Son un calco. Dani parece no haber heredado un solo gen de él.

El último mensaje sigue ahí, «Papá, esto no da para más. Necesito que vengas a ayudarme». Le basta con deslizar el pulgar unas pocas veces para retroceder más de un año hasta la fecha que tiene anotada en su libreta. Es una *selfie* de Dani con una chica, los dos mostrando una sonrisa de oreja a oreja. La frase que acompaña la foto dice: «Papá, te presento a Paola, mi novia :)». Hasta en ese texto sonríe su hijo. ¿Y cómo no va a sonreír, si Paola es preciosa? En su lugar, él también habría enseñado todos los dientes.

A partir del día en que recibió ese mensaje, cada vez que hablaba por teléfono con Dani él se explayaba sobre las bondades de Paola. No solo resultó ser una chica preciosa, sino que también compartía con Dani el amor por la naturaleza y los animales. Incluso era vegana, como él. Y en un pueblo de quince mil habitantes era más probable ganarse la lotería que encontrar a alguien tan compatible.

Recuerda una conversación por teléfono que tuvieron a los pocos meses de esa foto. «Me parece que esta es para toda la vida», le había dicho su hijo.

Sin embargo, unos meses después algo se rompió. En sus llamadas esporádicas, Dani empezó a responder sobre Paola con monosílabos que no significaban nada. Entonces él supo, quizá antes que su propio hijo, que Paola no sería para siempre.

La siguiente entrada en su libreta también está subrayada: «23-04-2018, WhatsApp Dani».

Baja por los mensajes hasta que encuentra el de esa fecha, siete meses después de la *selfie*. Es una nota de audio. Presiona el triangulito y la voz de Dani suena en el dispositivo:

Papá, ¿cómo andás? Te estoy llamando pero no me contestás. Debés andar ocupado. Bueno, te lo cuento por acá porque si no lo hablo ya mismo con alguien voy a explotar.

Lo de mamá ya no tiene límites. Por su culpa, hoy me peleé definitivamente con Paola.

Es un poco largo, pero te lo quiero contar porque sos la única persona que me puede entender.

Desde el momento en que le presenté a Paola, mamá la trató como si fuera la peor lacra. Nunca te lo dije para no amargarte; ya bastante con que su energía negativa afecte a uno de los dos.

Para que te des una idea, el primer día que se vieron, cuando Paola mencionó que su familia es de Corrientes mamá le respondió que a ella los correntinos no le caían bien. ¡Mamá diciéndole eso a alguien! Ella, que vino de Mendoza cuando el pueblo era mucho más chico y seguramente más cerrado a los de afuera. Bueno, y como esa hay miles. En cuanto se enteró de que Paola trabajaba para el Banco Almafuerte, por ejemplo, le dijo que todos los banqueros eran unos ladrones.

En fin, siempre que le pudo clavar un puñal, se lo clavó. Nada de lo que Paola diga, cocine, piense o haga está bien. Una vez, mamá se quedó sin antidepresivos mientras yo estaba en plena operación de una gata y le pidió a Paola que se los fuera a comprar. Ella le dijo que ningún problema y le llevó el medicamento exacto: los miligramos, la cantidad de pastillas, todo. ¿Sabés qué le dijo mamá en vez de agradecerle? Le hizo un escándalo porque las había comprado en la farmacia de arriba.

Según ella, los dueños son unos ladrones y por eso tienen la plata que tienen. Es una estupidez lo mires por donde lo mires. Primero, el medicamento vale lo mismo en todas las farmacias del país. Y segundo, que mamá, justamente mamá, juzgue a alguien por tener un buen pasar económico, es el colmo. La escuché mil veces quejarse de la «gente envidiosa» que le hacía comentarios hirientes a ella por llevar el estándar de vida que lleva sin tener que trabajar.

Naturalmente, con el tiempo Paola me empezó a cuestionar que por qué me dejo manipular. Para mí está clarísimo: porque es mi mamá y porque no tiene a nadie más. Pero, si no te toca, es difícil de entender.

El tema es que, hará cuestión de dos meses, en el banco le ofrecieron a Paola un puesto en San Martín de los Andes y me pidió que fuera con ella. Es una oportunidad muy buena, porque la trasladan como tesorera de la sucursal de allá.

Le expliqué que para mí no era una decisión fácil porque no podía dejar a mamá sola. Yo pensaba que esa respuesta la iba a indignar y me iba a dar un ultimátum tipo «o tu mamá o yo». Pero no, ¿sabés lo que me dijo? Que me la trajera a San Martín con nosotros. ¡Con lo que mamá la detesta, ella va y me dice que con tal de estar conmigo es capaz de aguantársela bajo el mismo techo! Le dejé claro que lo veía muy difícil, pero que lo iba a intentar.

Lo hablé con mamá una noche que ella estaba bien, muy risueña y divertida. Cuando se lo planteé, se transformó y me preguntó a los gritos si estaba loco. Me dijo que ella no se movía de Deseado por nada del mundo, y mucho menos para irse con una persona que siempre la había odiado. ¡Que Paola siempre la odió a ella, dice! Increíble.

Hasta ahí, era de esperar. Pero lo que vino después ya fue el summum. Esa misma noche llamó por teléfono a Paola y le dijo que si yo me iba de Deseado, se suicidaba.

Paola me lo contó, obvio, y entiende que no puedo dejar así a mamá. Pero también me pidió que yo la entienda a ella. Le ofrecen un ascenso trasladándola a un lugar precioso. Aparte, ya no la ata nada a Deseado, porque cuando su papá se jubiló toda la familia se volvió a Corrientes.

¿Y qué le dije? ¿Qué le dijo el pelotudo de Dani? Que le deseo lo mejor, pero que no puedo acompañarla.

Acabo de ir a despedirla a su casa. Hasta hoy no habíamos tocado el tema de qué iba a pasar con nosotros. Le prometí que la iba a ir a visitar en cuanto pudiera, pero me dijo que prefería que no, porque no tiene fuerzas para una relación a distancia.

La perdí, papá. Perdí a Paola por quedarme con mamá.

Me pregunto si alguna vez me va a dejar en paz. Me siento una basura por pensar así, pero a veces preferiría que desapareciera de mi vida.

Las últimas palabras de Dani salen entrecortadas por la angustia y las lágrimas. Raúl Ibáñez reprime las suyas y vuelve a la máquina de escribir para seguir contando su historia.

Capítulo 14

Miércoles, 14 de agosto de 1991, 7:32 a. m.

Caminaba por mi casa desesperado, intentando asimilar que la copia de mi declaración no me iba a servir absolutamente para nada. Ahora sí, la única forma de salvarle la vida a Graciela era consiguiendo un millón y medio de dólares en poco más de seis horas. Totalmente imposible.

Sentí golpes en la puerta y se me aceleró aún más el corazón. Al asomarme a la ventana, me sorprendió ver a Esteban Manzano. Tenía la nariz y la boca cubiertas con una mascarilla que originalmente había sido blanca y los ojos protegidos por unas antiparras de aviador. Lo reconocí por el pelo, que llevaba descubierto y lleno de ceniza.

—¿Qué hacés acá a esta hora? —le pregunté tras abrir la puerta con un movimiento brusco.

—¿Qué está pasando, Raúl?

En otro momento lo hubiera echado a patadas, pero si había venido a mi casa una mañana así, supuse que sería importante. Le hice señas para que entrara, rogando que el teléfono no sonase mientras él estaba ahí.

—¿Qué querés, Esteban?

—Saber lo que pasa con Graciela. ¿Qué fue exactamente lo de anoche?

A pesar de que lo intenté, fui incapaz de disimular el desconcierto. Opté por agachar la mirada y fingir arrepentimiento.

—No sé qué película me monté en la cabeza. Los celos me pusieron paranoico y pensé que vos habías venido a buscarla. Encima cuando vi la ceniza en el filtro de aire…

—Un vecino mío me confirmó que me robaron el auto de madrugada —me interrumpió—. Vio a la persona que se lo llevó. ¿Conocés al flaco Siccardi?

—Sí, el que trabaja en Pescasur. ¿Ese tipo te lo robó?

—No. Siccardi es mi vecino. Entra a la pesquera todos los días a las cinco de la mañana. Anteanoche, cuando salía de su casa a las cuatro y media, vio que el Torino estacionaba frente a mi departamento. Se quiso acercar para preguntarme si sabía qué era esa tierra que caía del cielo, pero antes de que pudiera hacerlo, la puerta se abrió y la persona que salió no era yo.

Manzano abrió mucho los ojos, como si se sorprendiera de su propio relato.

—Según Siccardi, al tipo que se bajó de mi auto lo estaba esperando una camioneta en marcha. Dice que era una de esas cuadradas como las que se usan para repartir el pan, tipo Renault Trafic. Cree que era roja, pero entre la oscuridad y la ceniza, no está seguro. Ah, y también me dijo que el tipo era bajito. Eso concuerda con la posición en la que encontramos el asiento y el retrovisor del Torino.

El ex de Graciela hizo una pausa para mirarme a los ojos. Luego se puso una mano en el pecho, como quien está a punto de sincerarse.

—Yo voy a ir a la comisaría a denunciar esto, pero antes quería hablarlo con vos.

Mi primera intención fue decirle que ni se le ocurriera ir a la policía. Pero eso hubiera implicado contarle que la vida de mi mujer, su ex, corría peligro. Decidí arquear los labios hacia abajo y encogerme de hombros, como si aquello no me importara en lo más mínimo.

—¿Vos fuiste a la comisaría? —añadió.

—¿Yo? ¿Para qué? —pregunté con una risita sarcástica, como si me pareciera la idea más ridícula del mundo.

—¿Para qué? —protestó, y empezó a enumerar las frases extendiendo de a uno los dedos de la mano—. Viniste a mi casa preguntando a los gritos por tu mujer. Me amenazaste convencido de que mi auto y yo tuvimos algo que ver. Asustaste tanto a mi hija que se pasó una hora llorando. Y ahora que te confirmo que sí, que me robaron el Torino esa noche, ¿me preguntás para qué?

—Te lo pregunto porque no tengo nada que denunciar. Graciela había salido y no volvía, y con lo de la ceniza me preocupé. Pero al final fue todo un malentendido. En un rato tenía pensado ir a tu casa, porque te debo unas disculpas.

—¿Pero ya apareció entonces? ¿Está bien?

—Sí, está bien. Manzano, sos el *ex*novio de Graciela. Sabés lo que significa ex, ¿no? Significa «no va más».

—¿Puedo hablar un minuto con ella? —me preguntó, barriendo con la mirada el comedor.

—No está. Fue a ver si consigue algunos víveres. La ceniza nos agarró con la despensa vacía. Mirá, reconozco que estuve mal y te pido perdón. De verdad. No hice las cosas bien, de la misma manera que vos no las hiciste bien en su momento, la primera vez que viniste a buscar a mi mujer en plena madrugada.

—La *única* vez. Y por eso yo también te pedí disculpas hace tiempo, Raúl. Sabés perfectamente que fueron unos días muy jodidos para mí. Estuve al borde del suicidio.

—Ya sé. Ya sé. Los famosos ataques de pánico.

—Que no te tomes en serio mis trastornos de ansiedad siendo un profesional de la salud me parece…

Manzano dejó la frase colgando, como si no fuera capaz de encontrar un adjetivo adecuado. Ahora, que pasaron muchos años, entiendo su indignación. En aquella época, incluso la mayoría de los médicos se negaban a reconocer los problemas de ansiedad como una condición clínica.

—Esteban, a ver si me entendés. Hace cuatro meses te presentaste en mi casa de madrugada, acelerando el motor de tu auto frente a la ventana de nuestra habitación hasta que mi mujer, que tiene el sueño mucho menos pesado que yo, salió para acompañarte al hospital. Antes de anoche me pareció que había pasado lo mismo. ¿De quién querés que sospeche?

—¿Te *pareció* que había pasado lo mismo? ¿O sea que no estabas seguro?

—Loco, ¿en qué idioma querés que te diga que no tenés derecho a pedirme ninguna explicación?

Manzano levantó una mano y cerró los ojos por un segundo.

—Raúl, evidentemente no podemos tener una conversación como adultos. Yo solo vine a decirte lo que me contó mi vecino, por si te ayudaba a encontrar a tu mujer.

—¡A mi mujer no hay que encontrarla porque no está perdida! Está comprando comida. Así que si vas a ir a la policía a denunciar que te robaron el Torino, hacé el favor de dejanos afuera de todo esto.

Abrí la puerta sin importarme que entrara una nueva nube de ceniza. Esteban Manzano se volvió a proteger la cara, pero antes de atravesar el umbral se volvió hacia mí y me miró a los ojos. Las palabras salieron un poco amortiguadas por la mascarilla, pero las entendí perfectamente.

—Andate a la mierda.

Cerré de un portazo y me desplomé en una silla del comedor intentando procesar todo lo que me acababa de contar. ¿Hasta qué punto podía confiar en el ex de mi mujer? ¿Realmente no había tenido nada que ver con todo aquello? De ser así, ¿se había tragado mis excusas y me dejaría al margen de la denuncia?

Si lo que acababa de decirme Esteban Manzano era cierto, le habían robado el Torino de la puerta de su casa en plena madrugada y lo habían conducido hasta la mía. Entonces el ronroneo del motor en la ventana había interrumpido el sueño débil de Graciela que, al reconocer el vehículo, salió a la calle lo más rápido que pudo para evitar que yo me despertase e hiciese un escándalo.

Lo más seguro era que ella pensara que se trataba de otro ataque de nervios de Manzano. Me la imaginé acercándose al coche de vidrios oscuros y abriendo la puerta sin sospechar que no se encontraría a su exnovio detrás del volante. Para entonces ya habría sido demasiado tarde.

Sin embargo, había algo que no me cerraba. Si bien en el pueblo los chismes volaban más rápido que la ceniza, y habría sido fácil para cualquiera averiguar quién era el ex de Graciela y qué auto tenía, ¿cómo podían saber los secuestradores algo tan íntimo, tan puntual, como que Graciela saldría a la calle al oír el motor del Torino? Al fin y al cabo, ese detalle solo lo sabíamos Manzano, Graciela y…

La respuesta me golpeó como un relámpago.

Me incorporé de la silla y salí disparado hacia la alacena. Detrás de algunos vinos reservados para ocasiones especiales encontré una botella polvorienta de Chivas Regal de dieciocho años de añejamiento. Me la habían regalado cuando me retiré del Ejército, pero nunca la había abierto porque odio el whisky.

En menos de un minuto me puse el abrigo, la máscara para pintar, las antiparras y salí de mi casa corriendo con la botella bajo el brazo.

Capítulo 15

Miércoles, 14 de agosto de 1991, 8:01 a. m.

Recorrí a toda velocidad los treinta metros entre mi casa y la del viejo Almeida. Cuando llegué a la verja de madera desvencijada, el corazón me golpeaba fuerte en el pecho y los pulmones pedían más aire del que pasaba por los filtros de la máscara.

Atravesé el patio decadente por segunda vez en veinticuatro horas y golpeé con el puño cerrado la puerta de chapa oxidada.

—¡Almeida! Soy Raúl.

Mi vecino no tardó en abrir. Tenía el pelo enmarañado y pegado a los costados de la cara. De cualquier otra persona, habría dicho que se acababa de levantar, pero con Almeida nunca se sabía si iba por el desayuno o por el quinto vaso de vino.

—¿Qué pasa, vecino? —preguntó.

Empujé con ambas manos la puerta entreabierta y me abrí paso hacia adentro de la casa, en la que nunca antes había puesto un pie. La cocina era diminuta: una mesa, dos sillas y poco más. En un rincón, sobre el fuego, una olla de aluminio abollada vibraba con agua hirviendo.

—Momentito —protestó—, ¿qué hacés?

Me bajé la máscara hasta dejármela colgada del cuello. El olor a sudor, alcohol y mugre me golpeó la nariz.

—Me vas a contar todo.

—¿Todo sobre qué, vecino?

—Todo lo que le dijiste a los tipos que vinieron preguntando por mí y por mi mujer.

Los ojos inyectados de sangre de Almeida se hicieron más grandes. Un balbuceo ininteligible precedió sus palabras.

—¿Y quién te dijo que yo hablé con alguien sobre…?

—Una muy parecida a esta —interrumpí.

Saqué del interior de mi abrigo la botella de whisky y la apoyé con un golpe firme sobre la mesa enclenque. El hombre la miró de reojo y se encogió de hombros, como si no entendiera una sola de mis palabras.

—Ayer a la mañana, cuando desapareció mi mujer, estabas borrachísimo.

—Como cualquier otro día —dijo con una sonrisa.

—No, como cualquier otro día, no. Somos vecinos desde hace más de un año, y siempre que paso frente a tu ventana te veo con una cerveza o un vino en caja. Nunca otra bebida.

El viejo Almeida se sentó en una silla de mimbre roto y apoyó los codos en la mesa. Sus ojos se posaban sobre los míos, pero su atención se desviaba hacia la botella entre nosotros.

—Cuando te vi tomando un whisky como este, pensé que lo tendrías guardado para una ocasión especial. «El fin del mundo», me dijiste. ¿Y qué mejor manera para un borracho que celebrar el fin del mundo con alcohol de primera calidad?

Intenté observar la reacción de Almeida ante mis palabras ofensivas, pero no noté nada.

—Pero la verdad es que un borracho no guarda alcohol para ocasiones especiales, ¿no?

—No —dijo, como si yo realmente le hubiera exigido una respuesta.

—Exacto. Un borracho se toma lo que tiene. Si ayer a la mañana tenías una botella de whisky importado, es porque la habías conseguido hacía poco.

Me quedé unos segundos en silencio a propósito. Almeida despegó los ojos del Chivas para mirarse los pulgares sucios, que se apretaban uno contra otro sobre la mesa.

—¿Quién te la dio?

Negó con la cabeza sin levantar la vista.

—Si no recuerdo mal, era un Chivas de doce años, ¿no? —le pregunté, golpeando suavemente la botella con la uña.

—Sí —murmuró.

—Bueno, este tiene dieciocho. Si me contás todo lo que sabés, te lo podés empezar a tomar ahora mismo.

Empujé un poco el whisky hacia él y deslicé la mano por la etiqueta hasta poner la palma sobre el tapón. Luego la agarré por el cuello corto y abombado, con el pulgar apuntando hacia la mesa. La di vuelta, blandiéndola como un arma, con el culo hacia arriba y el tapón asomando por debajo de mi meñique.

—Pero si no empezás a hablar ahora mismo, te la parto en la cabeza.

Almeida me miró con expresión desafiante. Sus arrugas, sus párpados entrecerrados y su pecho inflado me decían que no lo amenazara. Pero había algo en cómo se movían las pupilas vidriosas que indicaba que aquello no era más que una pose para mantener el honor.

Después de varias respiraciones ruidosas por la nariz, llevó de a poco la mano a la botella y la empujó suavemente hacia abajo, indicándome que no hacía falta que lo siguiera amenazando.

—La primera vez que los vi fue el domingo, dos días antes de la ceniza —dijo tras encender un cigarrillo—. Me levanté con una resaca horrible. Salí a la calle para ir al almacén a comprar un vinito, pero me encontré con dos botellas de cabernet en el escalón.

Almeida señaló la puerta oxidada.

—Tipo seis y media de la tarde, cuando empezó a oscurecer, aparecieron dos tipos en mi casa con dos botellas idénticas. Yo ya me estaba terminando la segunda de las que me habían dejado a la mañana. Me dijeron que eran investigadores privados y que querían hacerme unas preguntas sobre los vecinos del barrio.

—¿Cómo eran físicamente?

—Uno era corpulento, musculoso y también un poco panzón, con anteojos gruesos y bigote —dijo Almeida tocándose sobre el labio superior sus propios pelos, amarillentos por la nicotina.

—¿Y el otro?

—Flaco y bajito. Un metro sesenta como mucho. Hablaba raro. Como si estuviera muy resfriado.

Flaco y bajito, repetí mentalmente. Como el ladrón del Torino de Manzano. Y gangoso, como el secuestrador de mi mujer.

—¿Y qué les dijiste?

—Los invité a entrar para ver qué querían. Tampoco tenía nada que perder. Así que nos sentamos y ahí nomás abrí uno de los dos vinos.

La palmadita sobre la mesa con la que acompañó la frase proyectó ceniza hacia ambos lados.

—¿Qué les contaste sobre nosotros?

Almeida se pasó la mano percudida de mugre por la cara y por la cabeza. Un fino mechón de pelo grasiento se le metió en una de las arrugas profundas que le cruzaban la frente.

—¿La encontraste? —me preguntó.

—No. Por eso estoy acá.

—¿Vos creés que estos tipos pueden tener algo que ver?

—No lo voy a saber hasta que me cuentes qué les dijiste.

—Me preguntaron bastante sobre ustedes dos. Hasta yo, mamado como estaba, me di cuenta de que lo de preguntar por los otros vecinos era una cortina de humo. Estaban interesados en ustedes.

—¿Qué querían saber exactamente?

—Dónde trabajaban, horarios… Esas cosas —respondió agachando la cabeza para mirarse las manos. El cigarrillo le temblaba entre los dedos.

—¿Qué más? ¿Qué es lo que no me estás contando, Fermín?

—En un momento, el flaquito sacó una botella de Chivas —respondió, señalando la que yo había traído—. Dijo que todo el mundo sabe al menos un secreto de sus vecinos.

—¿Qué les dijiste?

Silencio. Almeida negó con la cabeza y empezó a hacer dibujos en la capa de ceniza sobre la mesa con su dedo tembloroso.

—¡Decime lo que les contaste! —grité, dando un puñetazo en la mesa que casi tumba la botella.

Mi vecino se encorvó en un acto reflejo, llevándose los antebrazos a la cara.

—Por favor. No me pegues, Raúl. Mirá lo que soy.

Tenía razón, no podía golpear a ese hombre. Fermín Almeida ya tenía suficiente castigo con la vida que llevaba cada día.

—Entonces, hablá —grité.

—Les conté que una madrugada el Torino del ex de Graciela había parado frente a tu casa y que ella se había subido. Y también les dije que habían vuelto dos horas más tarde, cuando todavía era de noche.

Aquello confirmó mis sospechas sobre cómo habían secuestrado a mi mujer sin que nadie se diera cuenta. Le habían robado el Torino a Manzano y, al oír el motor, ella había salido a ayudar al pobre alma en pena con ataques de pánico.

—No les conté nada más. Te lo juro.

—¿Te parece poco? —le reproché, levantándome de la silla.

Mientras me abrochaba la campera, le hice una última pregunta.

—Cuando vinieron a verte, ¿te acordás de qué auto tenían?

—Sí, una camioneta roja, de esas medio cuadradas.

—¿Una Trafic?

—Creo que sí.

Otro detalle que coincidía con lo que, según Manzano, le había contado su vecino: un tipo bajito subiéndose a una Trafic roja.

Me coloqué sobre la cara la máscara que me colgaba del cuello, dando por zanjada la conversación.

—Llevátela. No la quiero —agregó Almeida, señalando la botella de Chivas sobre la mesa.

Asentí y agarré el whisky dispuesto a irme de ahí sin saludarlo.

—Raúl —me dijo cuando estaba por abrir la puerta.

Ahora venía el momento en el que me pedía perdón o, peor aún, se ponía a llorar. Pero yo no tenía tiempo para nada de eso. Abrí la puerta y una ráfaga de viento me golpeó de frente.

—Raúl —insistió.

Al darme vuelta me lo encontré a menos de un metro de distancia.

—Mejor dejámela —dijo, poniendo una mano sobre la botella—. Me va a venir bien.

Capítulo 16

Miércoles, 14 de agosto de 1991, 08:26 a. m.

—*Continuamos con esta edición especial de LRI200, trayéndote minuto a minuto novedades sobre el fenómeno totalmente extraordinario que estamos viviendo.*
    —*Así es, Estela —intervino otra voz femenina—. Este es un episodio que va a quedar en la historia de nuestro pueblo y nuestra provincia. Y hablando de provincia, estamos en comunicación telefónica directa con don Luis Franco, diputado nacional por Santa Cruz. Buenos días, diputado.*

Un hombre de voz grave saludó a las locutoras y comenzó un discurso largo asegurando que él, desde Buenos

Aires, estaba haciendo todo lo posible para procurar ayuda para los habitantes de su provincia.

—¿*Qué nos puede decir sobre los rumores de que las farmacias de los pueblos afectados han aumentado considerablemente el precio de los barbijos y los antihistamínicos?*

—*Me parece una actitud despreciable, aunque también me consta que hay comerciantes honestos que están haciendo las cosas bien. Además, en el caso particular de Puerto Deseado, sé que la municipalidad envió comunicados a las farmacias, al supermercado y a los pequeños almacenes pidiéndoles que mantengan los precios y que no acumulen mercadería por mera especulación.*

—*Efectivamente. Como le comentábamos hace un rato a nuestra audiencia, este fue uno de los muchos temas que se trataron en la reunión de autoridades ayer en el museo Mario Brozoski. Por cierto, repetimos que se ha decidido que durante el resto de la semana se celebrarán estas reuniones todos los días a las once de la mañana en el museo. Evidentemente en LRI200 cubriremos cada una de ellas. Pero volviendo a la de ayer, otro de los temas que se discutió fue la importancia de que la gente solo compre lo que necesite y no haga acopio. ¿Cuál es su postura sobre esto, diputado?*

—*Estoy totalmente de acuerdo. Además de la especulación de los vendedores, el otro gran motivo de la escasez durante las catástrofes naturales es la compra indiscriminada «por las dudas». Por eso, así como pedimos a los comerciantes que actúen en buena ley, solicitamos a la ciudadanía que por favor solo compre...*

Unos golpes rápidos y fuertes en mi puerta interrumpieron a la radio. Eran los golpes de alguien acostumbrado a llamar y que le abrieran enseguida.

—¿Quién es? —pregunté.

—Melisa.

Al abrir la puerta me encontré a Melisa Lupey, mi compañera de la secundaria, vestida con un uniforme de policía más gris que azul.

—Pasá —le dije.

Inicié y aborté un abrazo, un apretón de manos y una palmada en el hombro en tres fracciones de segundo. Finalmente, le di un beso en la mejilla.

—¿Cómo estás? ¿Un poco revolucionado el pueblo con el tema de la ceniza? —pregunté para romper el hielo.

—¿Un poco? Está todo patas para arriba.

—Me imagino. ¿Muchos robos?

—No, tanto como eso no. Más que nada gente con miedo y algún que otro disturbio en comercios, porque están subiendo los precios como locos. O directamente dicen que no tienen cosas que sí tienen y se las guardan para venderlas más caras más adelante.

—Sí, justo hablaban de eso en la radio. Lo que nos faltaba: inflación dentro de la hiperinflación.

Melisa asintió con la cabeza, pero no dijo nada más. Sobrevino un silencio incómodo que nos dejó claro que se había terminado el tiempo de hablar de pequeñeces.

—Mirá, Melisa, antes que nada te quiero pedir perdón por cómo te traté.

Levantó una mano y me cortó antes de que pueda seguir hablando.

—Eso fue hace muchos años. Ni vos ni yo éramos las personas que somos hoy.

—Pero…

—¿Que fuiste un hijo de puta? Sí, fuiste un hijo de puta. ¿Que me hiciste pasar momentos de mierda? Eso también. ¿Que sufrí durante años las consecuencias de lo que hiciste? También. Pero si te pregunto si hoy lo repetirías, espero que la respuesta sea que no.

—Hay cosas que hacés de joven y luego te avergüenzan toda la vida. Lo tuyo es, sin duda, lo más feo que le hice nunca a nadie. Y me arrepentí mil veces, de verdad.

Melisa Lupey miró el reloj.

—Tengo que entrar a trabajar dentro de veinte minutos. Y con la revolución que hay en la comisaría, no puedo llegar tarde.

—¿Me perdonás entonces?

Por toda respuesta, sacó un papel doblado del bolsillo del uniforme y me lo extendió. Era la copia de mi declaración, idéntica a la que me había facilitado José Quiroga, con mi firma falsificada y haciendo constar solo la mitad del dinero.

—Muchísimas gracias, Melisa —dije, evitando mencionar que ya había conseguido ese papel y que no me había servido para nada.

Me extrañó bastante su cambio de actitud. Había pasado de tratarme como la peor basura cuando la llamé por teléfono a venir a mi casa, perdonarme y hacerme un favor. ¿Por qué?

—De nada. Cuando hablamos por teléfono mencionaste que la gente de Eulalia Contreras te está presionando.

—¿Eulalia Contreras?

—Así se llamaba la mujer que encontraste muerta.

A pesar de que el día del accidente el comisario Rivera me había dicho que solo mantendrían en secreto el nombre de la víctima durante unas horas, habían pasado ya nueve días y era la primera vez que lo escuchaba. No lo habían mencionado en la radio ni en el diario del pueblo. Ahora, que yo sabía que el comisario había falsificado mi declaración, me pregunté si mantener en secreto la identidad de Eulalia Contreras tendría algo que ver con eso.

—¿Ya averiguaron a qué se dedicaba esa mujer?

—¿No te imaginás?

—Alguna teoría tengo. Supongo que al negocio del juego, la prostitución o las drogas.

—Cocaína —me dijo Melisa. Tardé un momento en reaccionar. No era que no lo hubiese pensado antes, pero la confirmación de que los secuestradores de Graciela trabajaban para unos narcos me hizo poner los pelos de punta.

—¿Y qué hacía esa mujer llevándose tanta plata de Deseado?

—*Puerto* Deseado —puntualizó, poniendo énfasis en la primera palabra.

—¿La guita entró en barco?

—Sí, y la merca sale de la misma manera.

—¿Y eso la policía lo sabe?

—Lo sospechamos desde hace años. La mayoría de los barcos pesqueros son de empresas españolas.

—Pensé que esos barcos no salían del golfo de San Jorge.

—Los que pescan no salen, pero los buques frigoríficos que se llevan el producto congelado para España, sí. Seguro que los viste alguna vez en el puerto. Son unos barcos blancos, grandes, con dos o tres grúas enormes sobre la bodega.

Asentí, los recordaba perfectamente. Eran el único motivo por el que conocía los rectángulos y las estrellas de la bandera de Panamá. Por alguna razón, aquellos barcos tripulados por españoles y filipinos, que llevaban pescado de Argentina a España, tenían bandera de ese país centroamericano.

—Cuando hablamos por teléfono dijiste que te estaban apretando —insistió Melisa—. ¿Te amenazaron?

—No, tanto como eso no. Quizá exageré un poco al usar la palabra «apretando». En realidad me llamó un tipo y empezó a hacerme preguntas sobre la guita. Yo le dije la verdad, que la tenía la policía. Insistió bastante y se puso medio pesado, por eso me asusté y te llamé. Pero ahora, con la cabeza fría, me doy cuenta de que no es para tanto.

—¿Después de esa llamada, se volvió a poner en contacto con vos o con tu mujer?

—No —mentí, encogiéndome de hombros—. Eso significa que me terminó creyendo. Por eso digo que me parece que me precipité al contactarte.

—Si te vuelve a llamar, cortale de inmediato, Raúl. Tenés que mantenerte totalmente al margen de esa gente. Tienen muchísimos contactos, incluso en el pueblo. Hace dos años que vienen sacando la droga por Puerto Deseado.

—¿Y en dos años nadie los metió presos?

Melisa Lupey disimuló su sonrisa de manera muy pobre. Parecía la sonrisa de un padre al tener que explicarle a su hijo la verdad sobre Papá Noel.

—Raúl, la guerra contra los narcos nos queda muy grande a los policías de pueblo. Lo único que podemos hacer es observar, tomar nota y colaborar con la Policía Federal. Pero los que tienen que hacer algo son ellos.

—¿Y por qué no lo hacen?

—Porque el narcotráfico tiene mucha plata y puede comprar jueces, policías, abogados y lo que se te ocurra.

—Pero habrá alguien honesto, ¿no?

—Por supuesto, pero es difícil ganar un partido cuando algunos de tu equipo en realidad juegan para el contrario. Además, no son cualquier contrincante. Los hermanos Contreras son la banda de narcotraficantes que más guita mueve en la Patagonia.

—¿Son peligrosos?

Melisa asintió efusivamente con la cabeza.

—Bastante, aunque tampoco son Pablo Escobar. En la Argentina se exporta una cantidad relativamente baja de cocaína. Es una droga que normalmente va de Sudamérica para Estados Unidos, y los yanquis a nosotros nos quedan muy lejos. Pero con los enlaces directos por mar entre la Patagonia y Galicia, somos el proveedor número uno de España. Digamos que si Pablo Escobar es el dueño de una cadena de supermercados, los hermanos Contreras tienen un kiosquito de barrio. Pero ese kiosquito genera muchos millones de dólares al año.

—¿Cuantos hermanos son?

—Tres en total. Además de Eulalia, la que encontraste muerta, también están Jacinto y Federico. Eulalia tenía cuarenta y cinco años, y los otros dos son algo más chicos.

—¿Cómo son físicamente?

—¿Para qué querés saber eso? —me preguntó, frunciendo el ceño.

—Es verdad, no tiene importancia —dije, desestimando mis palabras con un ademán.

—El menor es muy corpulento, evidentemente va al gimnasio. Usa unos anteojos bastante gruesos y suele tener tiene bigote. El otro es más menudo y más bajo. Nació con labio leporino y lo operaron de bebé. Tiene una cicatriz que va del labio a la nariz y habla como si estuviera muy resfriado.

La descripción de Melisa Lupey era idéntica a la de Fermín Almeida. O sea, los secuestradores de mi mujer no trabajaban para unos pesos pesados del narcotráfico. Los que tenían a Graciela *eran* los pesos pesados.

—¿Son de la Patagonia?

—No, de la provincia de Buenos Aires. Supuestamente, empresarios cerealeros. Hacen transporte y acopio de granos, y hasta tienen algunos campos. Pero se sabe que no vienen de familia agrícola. Empezaron vendiendo droga por la zona de Ezeiza y con el tiempo se especializaron en la exportación. Más guita y menos riesgo. Si se te pincha una operación, como esta vez, perdés mucho. Pero, si te sale bien, hacés una fortuna.

Melisa hizo una pausa y le pregunté si quería tomar un café o mate, pero me dijo que estaba a punto de irse.

—Entre los tres manejan…, bueno, manejaban, toda la operación. Por lo que se sabe, son un grupo independiente, muy cerrado, que no le rinde cuentas a nadie. Tienen a mucha gente comprada, sí, pero la banda en sí son ellos tres, nadie más. Fijate que Eulalia viajó dos mil kilómetros en auto para venir a buscar el pago en persona.

Sí, pensé, y sus hermanos también vinieron en persona para secuestrar a mi mujer.

—¿Y ustedes cómo saben tanto sobre ellos? —pregunté.

—Tanto, tanto, no sabemos. Siempre sospechamos que la droga salía por Puerto Deseado, pero hasta ahora no habíamos encontrado a nadie con las manos en la masa. Sabíamos que los hermanos Contreras habían estado más de una vez en el pueblo, pero eso es circunstancial. En cambio lo que vos hiciste, Raúl, eso sí que nos ayuda a dar un gran paso en la investigación.

—No entiendo.

—Gracias a vos sabemos que los pagos se hacen en efectivo, en dólares y en Puerto Deseado. Si no hubieras entregado esa fortuna a la policía, hoy no contaríamos con esta información. Tenés que sentirte muy orgulloso, porque muy poca gente en tu lugar lo hubiera hecho.

—Ya lo sé.

—Si te vuelven a contactar, me llamas a mí. O al comisario directamente. Pero no hagas nada por tu cuenta, porque estos tipos son muy, muy ásperos. Tienen muchísima guita y pueden tener comprado hasta al menos pensado. En mí podés confiar y en el comisario también, pero cuidado con el resto.

Le aseguré que le haría caso y nos despedimos con un beso en la mejilla. Cuando estaba a punto de abrir la puerta para salir de mi casa, Melisa Lupey se detuvo y volvió a mirarme.

—¿Tu mujer, bien?

—¿Graciela?

—Supongo que no tenés otra —dijo, riendo—. ¿Cómo está?

—Bien, muy bien. Durmiendo. Trabaja hasta tarde —fue lo primero que se me ocurrió responderle.

—Pero ¿ella no es maestra en la escuela para adultos? Las clases están suspendidas desde ayer a primera hora.

Mi pie dibujó un garabato en la fina capa de ceniza sobre las baldosas del comedor. Las neuronas empezaron a funcionarme a mil por hora.

—Claro, anoche no trabajó, pero sigue con el ritmo de acostarse y levantarse tarde. —Señalé con el pulgar hacia la habitación y continué en voz baja—. A esta no le altera el sueño ni una catástrofe natural.

Melisa sonrió y yo respiré. Me creía. Entonces sí, nos despedimos y se fue de mi casa.

Cuando cerré la puerta, una de sus frases todavía me daba vueltas en la cabeza. «En mí podés confiar y en el comisario también». Justamente el comisario, que había falsificado mi declaración para robarse un millón y medio de dólares, era la última persona en quien podía confiar. Y como no sabía si alguien más lo había ayudado, realmente lo más seguro era no fiarme de nadie.

Me pregunté qué pasaría cuando Rivera se enterase de que yo tenía una copia de ese papel, y por ende sabía lo que él había hecho. ¿Me ofrecería una parte para silenciarme? ¿Intentaría lavarse las manos? ¿O tomaría una decisión más drástica? La única conclusión a la que pude llegar era que, pasase lo que pasase, no había nada que yo pudiera hacer al respecto. Era mejor centrar mis energías en recuperar a Graciela. Quizás hasta tenía suerte y el caos que había traído la ceniza mantenía al comisario demasiado ocupado como para enterarse de que yo había recibido ese papel.

Pensé en lo enorme que podía llegar a ser la diferencia entre la verdadera esencia de una persona y la imagen que proyectaba en una comunidad pequeña como la nuestra. En Puerto Deseado, el respetado comisario Manuel Rivera se había ganado una reputación intachable dentro y fuera de la comisaría en base a una trayectoria inmaculada. Se mostraba al pie del cañón, dispuesto a dar todo por su pueblo sin importarle el precio a pagar. Si tenía que quedarse solo en su casa, sirviendo a su gente en plena tormenta de ceniza mientras el asma de su hija lo obligaba a separarse de su familia, lo hacía sin dudar.

Entonces, tuve una idea.

Sentado en la cama deshecha, del lado en que dormía Graciela, abrí el primer cajón de la mesita y no tardé en ubicar la cajita blanca de cartón. En su etiqueta se leía: «Valium-Diazepam 10 mg».

En el blíster solo encontré cuatro pastillas azules. Me planteé ir a buscar más a una de las dos farmacias del pueblo, pero desistí al imaginármelas colapsadas de gente comprando antihistamínicos y barbijos.

Con cuatro pastillas sería suficiente, me convencí.

Volví a la cocina, aplasté los comprimidos con una cuchara hasta dejarlos reducidos a una montañita de polvo celeste. Saqué de la heladera el táper con las hamburguesas que habían sobrado del día anterior, esparcí sobre ellas los valiums molidos y mezclé todo con un tenedor.

Capítulo 17

Miércoles, 14 de agosto de 1991, 11:10 a. m.

A las once y diez, cuando estuve seguro de que la reunión en el museo ya había empezado, me cubrí la cara con la máscara para pintar y el pelo con una gorra. Una mirada rápida en el espejo me confirmó que estaba irreconocible, como cualquier otra persona que anduviese por la calle ese día.

Salí de mi casa con la mochila al hombro, las manos en los bolsillos y el paso apurado. El viento en contra hacía que la ceniza repiquetease sobre el plástico que me protegía la boca y los ojos.

A pesar de que la casa del comisario quedaba apenas a doscientos metros de la mía, recorrí más del doble.

Salí en dirección contraria, acercándome primero al museo Mario Brozoski. Desde las vías abandonadas del tren pude ver su Renault 12 rojo estacionado junto a varios vehículos. Bueno, rojo es realmente una forma de decir, porque en aquella mañana oscura, todos los coches eran pardos. Apenas se distinguía la diferencia de color con el Falcon azul del intendente o el Sierra blanco del director del hospital, que estaban estacionados a ambos lados.

Entonces sí, seguro de que Rivera no estaba en su casa, pegué la vuelta y caminé dejándome empujar por el viento a favor.

La ceniza también le había robado el color a la piedra rojiza de la fachada de la casa del comisario. Había pocas viviendas como esa en Puerto Deseado: de principios de siglo, construidas con bloques de una roca volcánica que llevaba allí millones de años, desde que la Patagonia era una selva cálida y húmeda. Yo había tenido la suerte de corretear durante toda mi infancia en una casa similar, no muy lejos de ahí, donde habían vivido mis abuelos.

Es curioso cómo funciona la mente humana, porque en aquel momento, en plena tormenta de ceniza y a punto de cometer un delito que me podía meter en un gran problema, el viento pareció acallarse un instante y me sobrevino un recuerdo precioso. Pude sentir mis pasos y los de mi hermano retumbando en la madera del suelo hueco de la casa de nuestros abuelos mientras corríamos a escondernos por los rincones.

Volví a la realidad cuando la puerta de la verja no cedió ante el giro del picaporte. Aquello me llamó la atención, porque ningún vecino de Deseado cerraba los patios con llave. Y mucho menos el comisario.

Tras asegurarme de que no había nadie en los treinta metros a la redonda que me permitía ver la ceniza, me encaramé al medidor de gas, salté la reja y rodeé la vivienda.

Como en todas las casas viejas del pueblo, la puerta trasera era de esas que tienen una ventana en la mitad superior para poder ver el patio. Un patio, por cierto, típico de la zona: plantas de corintos en las lindes y tres enormes perales en el centro que, a juzgar por el paso de tortuga al que crece la vegetación en la Patagonia, llevaban allí varias generaciones.

Supuse que la puerta daría a la cocina o al lavadero, pero una cortina de flores me impedía ver hacia adentro. Golpeé sin demasiada fuerza y a los pocos segundos unos ladridos graves llegaron acompañados de arañazos en la madera.

Rompí el vidrio con una escoba que encontré apoyada contra un pequeño cobertizo de chapa. Los ladridos se hicieron más fuertes, y entre los fragmentos afilados que quedaron adheridos al marco aparecieron dos patas peludas y un hocico alargado lleno de dientes. Era un pastor alemán precioso que yo había visto más de una vez paseando con su dueño por la playa, frente al hospital.

Saqué el táper de la mochila y tiré la bola de carne picada dentro de la casa, pero el perro no abandonó su posición ni dejó de ladrar. Era normal. En el hospital, yo le había llevado comida innumerables veces a pacientes de perfil agresivo. Descontentos con el actuar del personal médico o con la mala suerte que les había tocado en la lotería de la salud, recibían a quien portaba la bandeja con insultos, amenazas y la promesa de no probar un solo bocado.

Lo cierto era que, una hora después, cuando pasaba a recoger la bandeja, casi nunca me la encontraba intacta. Cuando la adrenalina generada por los gritos bajaba a niveles normales, hasta el más rabioso decidía comer.

Me alejé de la puerta preguntándome si en el caso del perro sucedería lo mismo.

Cuando pude hacerme un lugar entre las palas, serruchos y otras herramientas del cobertizo, cerré la puerta por dentro. Los ladridos tardaron un buen rato en espaciarse y otro tanto en desaparecer por completo. Cinco minutos después del último, salí de mi escondite y me acerqué con sigilo a la puerta trasera.

Golpeé tres veces con la punta del pie, pero no oí nada. Me asomé por el vidrio roto —ni siquiera hizo falta correr la cortina, porque el viento la volaba hacia adentro dejándola casi horizontal—. El perro estaba echado en el suelo sobre una manta que, vista la cantidad de pelos que tenía pegados, era donde solía dormir. No había ni rastro de la carne picada.

Al verme, parpadeó un par de veces y levantó la cabeza del suelo en cámara lenta. Abrió la boca pero, en vez de ladrar o gruñir, sus mandíbulas se separaron en un gran bostezo. Después apoyó la cabeza sobre las patas delanteras y, sin dejar de mirarme, soltó un suspiro largo.

Metí de a poco la mano por la ventana rota y deslicé los dedos por el lado interno de la cerradura. El pobre animal estaba tan atontado que no tuvo fuerzas para ladrar ni siquiera cuando me vi obligado a empujarlo con la puerta para poder meterme en la cocina.

Igual que en mi casa, una capa de ceniza lo cubría todo. En la pileta había platos con restos de comida tan teñidos de gris que habría sido imposible distinguir si eran puré de papas o salsa de tomate.

Me alejé del perro para internarme en la casa. Si los cálculos no me fallaban, tenía más o menos una hora antes de que se despertara.

Dejé atrás un comedor enorme y comencé la búsqueda en las habitaciones. La primera a la que entré era, sin duda, la del comisario y su esposa. Estaba presidida por una enorme cama de hierro y, sobre el cabezal, un Jesús tallado en madera constituía la única decoración en las paredes.

Revisé cada uno de los estantes y cajones del ropero. También miré dentro de una cómoda y debajo de la cama. Incluso tanteé el colchón en búsqueda de un escondite, pero solo contenía su relleno legítimo. Cuando me convencí de que los dólares no estaban allí, continué explorando las otras tres habitaciones con idéntica exhaustividad y resultados.

Volví al comedor. Pocas veces había visto uno tan grande. Del lado de las ventanas de la fachada había una mesa con doce sillas. Del otro, un sofá enfrentado a una chimenea. Y en el medio, contra la pared más larga, dos aparadores separados por un piano.

Empecé por abrir cada una de las puertas de los aparadores. Encontré licores, vajilla antigua y papeles, pero ni un solo dólar. Mientras inspeccionaba ya sin esperanza los últimos cajones, traté de ponerme en la piel del comisario y pensar en dónde guardaría algo de tanto valor si esa fuera mi casa.

¡El piano!

Me apresuré a levantar la tapa rectangular convencido de que ese era el escondite perfecto, pero solo hallé una ristra de cuerdas y macillos.

—¡Mierda, mierda, mierda! —dije en voz alta, dando un pisotón en el suelo, como un niño caprichoso.

El golpe de la suela contra la madera retumbó en la sala, levantando una pequeña nube de ceniza. De manera automática, el sonido volvió a traerme el recuerdo familiar que me había invadido justo antes de entrar a la casa. El suelo sonaba exactamente igual que cuando Alejo y yo corríamos por la casa de mis abuelos.

Entonces sí, supe dónde estaba el dinero.

Miré cada uno de los muebles a mi alrededor y me decidí por el sillón de tres cuerpos frente a la chimenea. Empujarlo fue difícil, porque la ceniza hacía que mis pies resbalaran sobre el suelo lustrado, pero finalmente logré algo de agarre y pude moverlo. Continué empujando hasta que lo desplacé por completo de su lugar original.

Supe que no me había equivocado cuando vi un cuadrado del tamaño de una caja de fósforos recortado en una de las tablas del suelo que habían quedado expuestas. Dentro había una argolla de hierro. Tiré de ella y se abrió una puerta trampa, revelando una empinada escalera que bajaba hasta la oscuridad más absoluta.

Al igual que en la vieja casa de piedra de mis abuelos, en la del comisario también había un sótano.

Capítulo 18

Miércoles, 14 de agosto de 1991, 11:39 a. m.

El interruptor de la luz estaba sobre uno de los postes de madera que unía la escalera con el suelo de la casa. Al accionarlo, el agujero oscuro se transformó en una habitación pulcramente ordenada.

Bajar esos peldaños fue como trasladarme a otro mundo. La mesa en el centro, las dos sillas a ambos lados y los armarios contra las paredes estaban libres de polvo. El sótano había quedado a salvo del desastre que atormentaba al pueblo.

Reconocí al instante los dos objetos grandes que había sobre la mesa. Uno era una prensa para recargar vainas de balas usadas, idéntica a la que tenía en su casa

Ramón, un compañero mío del Ejército. Le pasé dos dedos por encima y el tacto suave del metal limpio me transportó por un instante a apenas dos días atrás, cuando el cielo era celeste y Graciela estaba en casa, junto a mí. El otro objeto, de color naranja, era un torno para recortar las vainas vacías, deformadas tras el disparo, y darles el tamaño exacto para que volvieran a encajar en la prensa.

Las similitudes entre el equipamiento del comisario y el que había en la casa de Ramón no acababan ahí. En la pared del fondo del sótano distinguí la silueta rectangular y oscura de un armero: una especie de ropero de hierro parecido al que utilizaba mi amigo para almacenar sus más de veinte armas de fuego.

Al verlo, supe dos cosas de Rivera: que era un gran entusiasta del tiro y que si tenía que guardar algo con recelo, lo haría sin duda en esa especie de cruce entre armario y caja fuerte.

Por suerte, el armero no era de fabricación industrial como el de Ramón o como los que había visto durante mis años en el Ejército. Este parecía estar hecho a medida por alguien que, a juzgar por las costuras irregulares de la soldadura y las rendijas entre la puerta y el cuerpo, no tenía demasiada experiencia trabajando el metal. Eso me jugaba a favor.

Me bastó una mirada rápida por los estantes de la pared opuesta para identificar una gran caja de herramientas.

Elegí un martillo y el destornillador plano más grande que había, de casi un centímetro de ancho.

Gracias al trabajo mediocre del soldador, pude meter la punta del destornillador en la separación entre la puerta y el marco, a la altura de la cerradura. Lo golpeé con el martillo, primero hacia adentro para enterrarlo más y luego hacia un costado para hacer palanca. Con cada golpe, el armero vibraba como una campana, emitiendo una reverberación ensordecedora.

La chapa de la puerta comenzó a doblarse mucho antes de lo que yo esperaba, revelándome otro error de diseño muy común: la resistente estructura de hierro soldada al interior de la puerta no atravesaba la cerradura, sino que la bordeaba. Era un detalle que no se notaba desde fuera, pero que resultaba obvio al ver cómo el borde de la puerta cedía con cada martillazo hasta que el pestillo se liberó con un chasquido.

El interior estaba dividido por un estante de madera a la altura de mi cara. En la parte de abajo, los caños de varias armas largas me devolvían el reflejo de la luz del sótano. Junto a ellos conté seis fundas alargadas, que seguramente contenían más rifles y escopetas.

El compartimento de arriba tenía, a su vez, dos partes. La izquierda era más pequeña y estaba atiborrada de cajas de balas. Las había de todo tipo y tamaño, ordenadas de manera metódica para aprovechar al máximo el espacio. En la parte derecha conté siete maletines de plástico apilados uno encima de otro.

Abrí el primero sobre la mesa y me encontré con cuatro pistolas semiautomáticas encajadas en siluetas de goma espuma. El segundo maletín era similar, pero contenía tres revólveres y un cuchillo.

Fue en el tercer maletín donde hallé lo que buscaba. Apenas liberé el mecanismo de cierre, la tapa cedió unos milímetros como si algo la empujara desde dentro. Cuando la levanté, tres fajos de dólares cayeron al suelo.

Al cuarto maletín tampoco le cabía un solo billete más.

Ni al quinto, ni al sexto, ni al séptimo.

Sonreí por primera vez en treinta horas.

La mayoría de los fajos eran de billetes nuevos, sujetados con una banda de papel blanca. A pesar de que sin duda eran los que yo había encontrado en el accidente de la coupé Fuego, no había uno solo manchado con la sangre de Eulalia Contreras. El comisario se había quedado solamente con dólares limpios.

También había fajos mucho más ajados, atados con gomas elásticas. Claramente, tenía ante mí dinero de dos orígenes muy diferentes. Gran parte provenía de la valija que yo había entregado a la policía, pero no todo.

Me disponía a contar el dinero cuando me sobresaltó un rasguño en la madera sobre mi cabeza. Quizá mi estimación de una hora había sido demasiado optimista.

Me apresuré a meter los fajos en la mochila y en un bolso de gimnasio que había traído dentro de ella. Luego cerré los cinco maletines de plástico vacíos, borré mis huellas digitales con un trapo y los volví a poner dentro del armero. Ahora sólo quedaban sobre la mesa los dos maletines con armamento.

Tenía ante mí, además de un cuchillo, cuatro pistolas y tres revólveres. La última vez que había disparado un arma había sido cuatro años atrás, cuando el Ejército me obligó a hacer unas clases de repaso de tiro a pesar de que yo era enfermero.

Sopesé cada una en la mano y me decidí por una pistola Colt 1911 con cachas de asta de ciervo en la culata. Mientras la metía en el bolso junto con dos cajas de cincuenta balas calibre 45, volví a sentir arañazos en la madera. Cabía la posibilidad de que cuando saliera del sótano tuviera que defenderme del perro, así que decidí quedarme también con el cuchillo.

Guardé los maletines, cerré el armero e intenté dejar todo como lo había encontrado, aunque sabía que mi paso por el sótano no pasaría desapercibido ante una mirada detallada. Lo que más cantaba a simple vista era la puerta forzada del armero, pero supuse que con todo el caos en que se había convertido el pueblo, el comisario no tendría demasiado tiempo para bajar al sótano a recargar balas ni oportunidad de gastar su fortuna escondida. Cuanto más tardara en descubrir que le habían robado, mejor.

Eché una última mirada al sótano desde la escalera y apagué la luz.

Cuando subí, con el cuchillo en la mano, me encontré con el perro a menos de dos metros de la puerta trampa. Había arrastrado su manta de la cocina al comedor, dejando una estela brillante en el suelo polvoriento. Echado sobre el trapo sucio, sin ninguna intención de levantarse, me miraba con unos ojos que parpadeaban sin cesar. Me pregunté si aquello sería efecto de la droga o de la ceniza. Guardé el cuchillo en la bolsa de gimnasio. No iba a necesitarlo.

Tras volver a ocultar la puerta del sótano con el sofá, me puse en cuclillas al lado del animal y le acaricié la cabeza. Movió la cola un par de veces. Lo empujé suavemente con una mano mientras con la otra tiraba de la manta. Gruñó un poco, pero después de varios intentos logré robársela.

Arrastré el trapo por toda la casa para borrar mis pisadas. Cuando el comisario volviera, supondría que el perro había decidido pasear su colchón por todos los rincones. E incluso si aquel era un comportamiento completamente anormal para su mascota, ¿qué dueño sabe cómo reacciona su perro ante una tormenta de ceniza volcánica?

Una vez fuera de la casa, metí la mano por el vidrio roto de la puerta y le di dos vueltas a la llave del lado de adentro. Ya casi estaba. Solo me faltaba una cosa para poder abandonar el patio.

Me colgué de la rama de uno de los perales con toda mi fuerza. Tras sacudirme los kilos de ceniza que me cayeron encima, repetí el movimiento. Tuve que hacerlo varias veces antes de oír el primer crujido, y muchas más hasta arrancar la rama por completo.

La segunda rama que elegí, mucho más pequeña que la primera, se separó del tronco con el primer tirón.

Metí la rama gruesa por la ventana rota y me fui del patio arrastrando la pequeña detrás de mí para hacer desaparecer las huellas de mis zapatos. Supuse que el viento no tardaría en borrar las líneas zigzagueantes que dejaban las hojas en la ceniza.

Si tenía suerte y el comisario se tragaba aquel montaje, ganaría un poco más de tiempo.

Capítulo 19

Miércoles, 14 de agosto de 1991, 12:33 p. m.

Al llegar a mi jardín, bordeé la casa y fui derecho al taller de soldadura. Si dentro de las casas de Deseado había una capa de ceniza, en los galpones, que inevitablemente tenían hendiduras en sus paredes y aberturas, el paisaje parecía lunar. En otro momento me hubiera dolido ver mis máquinas, mis hierros y mis trabajos a medio hacer cubiertos de tanto polvo.

Me acerqué a una pared y descolgué el teléfono para asegurarme de que tuviera tono. Yo mismo había instalado esa extensión, porque durante mis guardias pasivas en el hospital tenía que estar localizable en caso de emergencia.

Aparté los hierros y las herramientas que había sobre la mesa de trabajo y vacié sobre ella la mochila y el bolso. Los fajos de dólares cayeron como una catarata, deslizándose unos sobre otros. Algunos terminaron en el suelo.

Entonces sonó el teléfono.

—Hola.

—Ibáñez. ¿Cómo estamos? ¿Ya recuperaste la memoria? Falta una hora y media para las…

—Tengo los dólares —lo interrumpí.

Primero hubo un silencio en la línea y luego una exhalación fuerte de mi interlocutor. Quizá era un suspiro de alivio, o de victoria.

—Ahora te llamo —me dijo.

—Los tenía el comisario. Te dije que había falsif…

Me colgó sin dejarme terminar.

Pasaron seis minutos y medio hasta que el teléfono volvió a sonar. Lo sé porque en ese tiempo no despegué los ojos de la esfera cubierta de rayones de mi reloj.

—Hola —volví a atender.

—Escuchame bien. Agarrás toda la guita y la metés en el bolso más zaparrastroso que tengas. Te subís al auto dentro de dos horas y cuarto y lo llevás a la Cueva de los Leones. ¿La conocés?

—Sí, por supuesto.

—Muy bien. A las tres en punto de la tarde vas ahí y dejás el bolso al fondo, en la parte de arriba. Después te vas a tu casa y esperás a que te llamemos. Vamos a tardar una hora más o menos. Y no te hagas el héroe.

—Gracias —fue todo lo que pude decir.

Como ya era costumbre, el secuestrador me cortó sin despedirse. Por primera vez desde que había empezado esta pesadilla, sentí que el enorme peso que me oprimía el pecho se aligeraba un poco. Parecía que el final estaba a la vista.

Solo me quedaba por resolver cómo iba a ir a la Cueva de los Leones si mi auto estaba en el taller. Caminar era imposible, por el peso de los billetes y por la tormenta de ceniza. Y robarme el coche de uno de los muchos vecinos que dejaban el suyo con la llave puesta me podía traer demasiados problemas, sobre todo si avisaban a la policía.

Volví a guardar los dólares en la mochila y el bolso. Mientras lo hacía, encontré entre los billetes el cuchillo que me había llevado del sótano de comisario. Tenía el mango de madera lustrada y las iniciales M.R. grabadas con caligrafía perfecta en la hoja de acero de Tandil. En cualquier otro momento de mi vida me habría quedado un buen rato observando el trabajo impecable del artesano que lo había hecho, pero me limité a tirarlo adentro del bolso como si fuera un fajo más.

Rebusqué debajo de mi mesa de trabajo y, tras apartar unos hierros oxidados, encontré una caja de madera que varias décadas antes de que yo naciera había contenido herramientas de mi abuelo. La vacié de los tornillos, tuercas y otros pedazos de metal que había dentro y guardé ahí el dinero.

Al salir, me aseguré de cerrar con candado.

Capítulo 20

Miércoles, 14 de agosto de 1991, 12:47 p. m.

Caminé con paso apurado mientras el viento en contra me rebozaba de polvo gris. La visibilidad era casi nula. Incluso con las antiparras y la máscara puestas, era difícil avanzar.

El taller de Coco Hernández era una construcción de bloques de cemento con una enorme puerta de chapa que se deslizaba sobre roldanas. No me extrañó encontrarla cerrada, ni que dentro no se oyera ningún movimiento.

Me asomé por una pequeña ventana. A pesar de la capa de ceniza que se había pegado a la película de mugre acumulada sobre el vidrio durante años y de la escasa luz grisácea que se colaba en el taller, logré adivinar las siluetas de varios vehículos. Algunos llevaban meses ahí esperando a que llegara un repuesto de Buenos Aires o a que el dueño pudiera reunir el dinero para comprarlo.

Mi Renault 9 estaba sobre la fosa con el capó abierto. Era verdad que la ceniza había sorprendido a Coco trabajando en mi auto, como me había dicho por teléfono.

Golpeé con los nudillos el vidrio sucio y no obtuve respuesta. Llamé también a la enorme puerta de chapa, pero nada. La empujé hacia un costado y corrió sobre las roldanas unos diez centímetros hasta que una cadena sujeta con un enorme candado la frenó de golpe. Entonces oí un bocinazo corto y el rugido de un motor a mis espaldas. Me di vuelta esperando encontrarme con la Ford Ranchero de Coco, pero en su lugar vi un Torino marrón detenido en la calle.

—¿Buscás a Coco? —me preguntó Esteban Manzano tras bajar un poco la ventanilla.

Lo único que me faltaba.

—Sí. Tiene mi auto hace unos días, y con todo este despelote, lo necesito.

—No debe estar. No veo su camioneta.

Un genio, Manzano. Tendría que haber sido detective.

—Raúl, hay algo que me gustaría decirte. ¿Podés subir al auto?

—¿Ahora?

—Un minuto, nada más.

Me metí en el Torino, decidido a tener la conversación más corta de la historia.

—Graciela nunca te fue infiel conmigo —me dijo apenas cerré la puerta.

—Manzano, eso ya lo sé. No hace falta que me lo digas.

—Sí, hace falta. Si reaccionaste como reaccionaste ayer es porque sospechás de mí.

Tuve ganas de agarrarlo del cogote y gritarle que no, que no sospechaba de él. Que tenía otras cosas mucho más importantes a las que prestar atención en ese momento que su sermón. Pero preferí tomar el camino más corto.

—Es verdad —mentí para seguirle la corriente—. Siempre me quedó la duda de si el día que ella te acompañó al hospital no hubo algo más entre ustedes.

—Yo te aseguro que no. Te lo juro por mi hija.

—Gracias.

—Graciela es una buena mina, y no se merece que vos tengas ni la más mínima duda.

Resistí el reflejo de mirar el reloj. Tenía que terminar esa conversación ya mismo.

—Bueno —dije, dándome una palmada en la rodilla—, ya que nos estamos sincerando, yo me quiero disculpar. Esta vez, en serio, sin gritos ni nada de eso. Estuve mal yendo a tu casa, asustando a tu hijita.

Manzano me ofreció su mano.

—¿Amigos?

—Tanto como eso, no sé —le respondí, estrechándosela.

—Mirá que si no, no retiro la denuncia que te acabo de hacer en la comisaría.

Me quedé petrificado.

—Es una broma —dijo, soltando una risita—. Quedate tranquilo que a vos no te mencioné.

Sonreí y accioné la manija para abrir la puerta.

—Denuncié el robo del Torino, pero me dio la sensación de que el policía que me tomó la declaración no me prestaba demasiada atención. A cada rato nos interrumpía el teléfono de la mesa de entrada y el tipo se disculpaba para atender. Me dijo que entre ayer y hoy estaban recibiendo un aluvión de denuncias y llamadas.

—Me imagino —acoté. Entonces sí, miré el reloj y aspiré entre dientes—. Se me hace tarde, tengo que ubicar a Coco.

—Probá en la casa. Vive atrás del taller.

Eso era, justamente, lo que yo estaba por hacer antes de que él me interrumpiera.

—Gracias —le dije y me bajé.

Cuando Manzano desapareció con el Torino enfilé hacia el fondo del terreno, caminando junto a la medianera por un pasillo ancho atiborrado de hierros, puertas de coches y otros pedazos de chatarra. Detrás del taller, un pequeño cementerio de automóviles hacía las veces de patio delantero de una sencilla vivienda de ladrillos a la vista. Cubiertos por centímetros de ceniza, los vehículos daban la sensación de llevar siglos abandonados.

Llamé a la puerta varias veces pero no me atendió nadie. Entonces caí en la cuenta de que no había visto la Ford Ranchero de Coco, que siempre estaba estacionada frente al taller. Me pregunté si el mecánico sería otro de los que repentinamente habían decidido irse del pueblo hasta que todo esto pasara.

Mientras le pedía perdón a Coco mentalmente, desanduve mis pasos observando la chatarra en busca de algo que me pudiera ayudar a recuperar el Nueve. Me decidí por un caño de más o menos dos metros de largo. Al recogerlo, la tierra que tenía acumulada dentro se deslizó hacia uno de los extremos con un sonido casi musical.

Metí el caño entre la cadena y la puerta del taller e hice palanca con todas mis fuerzas. El candado cayó al suelo con un chasquido seco.

Bajo el capó de mi auto, el panorama no era nada alentador. El motor estaba cubierto por una capa de ceniza que se tornaba oscura y pastosa en los lugares donde entraba en contacto con el aceite. Me planteé buscar un cepillo o una escoba para limpiarlo, pero pronto concluí que importaba poco. La fina capa que había llegado hasta el motor con el vehículo estacionado dentro del taller no era nada comparada con los kilos que recibiría apenas empezase a circular por la calle.

La tapa por donde se echaba el aceite estaba abierta. No me extrañó, porque Coco me había dicho por teléfono que había vaciado el lubricante y faltaba ponerle el nuevo. Junto a la rueda delantera encontré un bidón de tres litros precintado y un filtro dentro de una caja de cartón. Vertí el contenido del bidón en el motor y cerré la tapa. En cuanto a cambiar el filtro, ni siquiera lo intenté.

El Nueve tenía las llaves puestas, así que no tuve que usar la copia que traía conmigo. Lo puse en punto muerto, cerré los ojos y le di arranque. El motor soltó un rugido que no tardó ni dos segundos en extinguirse. Lo volví a intentar, y el resultado fue el mismo.

Al quinto intento, conseguí mantener el motor encendido a base de pisar el acelerador hasta un punto intermedio. Un poco menos o un poco más y se sacudía con unas explosiones arrítmicas hasta pararse. Puse marcha atrás y salí despacio, procurando que ninguna de las ruedas cayera en la fosa.

Una vez en la calle, encendí el limpiaparabrisas para despejar la ceniza que se acumulaba sobre el vidrio con mucha más velocidad que cualquier nevada. Conduje muy despacio, resistiendo la urgencia de apretar el acelerador a fondo, mientras me preguntaba cuánto tiempo tenía hasta que la ceniza se colara por algún lugar crítico y el motor diera su sacudida final.

Tardé diez minutos en hacer el recorrido hasta mi casa. Normalmente lo hubiera hecho en dos.

Capítulo 21

Miércoles, 14 de agosto de 1991, 1:31 p. m.

Dejé el Nueve con la llave puesta, estacionado exactamente en el lugar donde se habían perdido las huellas de Graciela el día anterior. Las agujas del reloj en el tablero polvoriento detrás del volante marcaban la 1:31. En una hora y media los dólares tenían que estar en la Cueva de los Leones.

Corrí, sin protegerme la cara, los treinta metros entre la calle y mi taller de soldadura. Por un segundo presentí que me encontraría con la puerta forzada, como había forzado yo la de Coco Hernández, y la caja de herramientas de mi abuelo completamente vacía. Pero no, el candado estaba en su lugar y los fajos de dólares, intactos.

Los conté sobre la mesa de trabajo, separando los que estaban atados con bandas elásticas de los que había encontrado en la coupé de Eulalia Contreras. Al multiplicar el número de fajos por diez mil, un sudor frío se me condensó en la espalda. Volví a contarlos, pero obtuve el mismo resultado.

Un millón exacto en billetes nuevos, fajados con tiras de papel blanco sin marcar, provenía del lugar del accidente. Los otros, sujetos con banditas elásticas, abultaban más porque estaban usados pero solo totalizaban cien mil dólares. A pesar de que tenía ante mí la mayor cantidad de dinero que vería en mi vida, nunca había estado tan desesperado.

Intenté mantener la cabeza fría y analizar la situación. Yo había devuelto a la policía los tres millones de dólares en billetes nuevos y sin marcas que encontré en la coupé Fuego. Luego el comisario había falsificado mi declaración para que de esos tres millones solo quedara constancia de la mitad. Un millón y medio iría para la máquina burocrática de la justicia argentina y el otro millón y medio se lo quedaba él.

Sin embargo, en su sótano había un millón cien mil. Y a juzgar por lo diferentes que eran los dos tipos de fajos, solo un millón había salido del accidente de Eulalia Contreras. ¿Qué había hecho Rivera con el medio millón que faltaba? ¿Y a quién le había birlado los otros cien mil?

El talón de uno de mis pies comenzó a dar golpecitos casi involuntarios contra el suelo, levantando ceniza a los lados. Incluso si entregaba todo a los secuestradores, recibirían cuatrocientos mil dólares menos de lo que les había dicho que tenía.

Contemplé la posibilidad de contarle todo a la policía, pero desistí de inmediato. Si hubiera encontrado todo el dinero en el sótano, entonces habría podido asumir que la malversación era únicamente obra del comisario. Pero si faltaba una parte, las posibles explicaciones se multiplicaban.

Una era que el comisario hubiera guardado el medio millón en otro lugar, ciñéndose a eso de que nunca es buena idea poner todos los huevos en la misma canasta. Si su mujer estaba al tanto del robo, quizá ella misma se había llevado el medio millón a Comodoro utilizando la excusa de la hija asmática.

La otra alternativa, la que más me preocupaba, era que Rivera no hubiese actuado solo. Si tenía algún cómplice en la comisaría, podía tratarse de cualquiera. Incluso de Melisa Lupey. Si yo ahora iba con la historia del secuestro, ¿cómo reaccionarían, sabiendo que una investigación sacaría a la luz mi declaración falsificada y los dejaría expuestos? No. No podía arriesgarme a confiar en la policía.

Iba a tener que salir solo de aquel berenjenal.

Volví a concentrarme en el dinero ante mí. Solo se me ocurría una solución para recuperar a Graciela con esa cantidad. Y las probabilidades de que funcionara eran bajísimas.

Metí en la mochila el millón en fajos nuevos y volví a guardar los otros cien mil en la vieja caja de madera debajo de la mesa. Puse sobre ella algunos hierros oxidados y salí del galpón con la mochila al hombro.

Entré a mi casa por la puerta trasera. Al abrirla, la cinta adhesiva que le había pegado el día anterior se desprendió del marco con el sonido de una hoja de papel rajándose al medio. En cualquier otro momento, el verdadero río de ceniza que se había colado por debajo de la puerta, incluso estando encintada, me habría preocupado.

Fui directo a la habitación chica, que usábamos de comodín para guardar todo lo que no sabíamos en qué otro lugar de la casa meter. A pesar de que estaba atiborrada de objetos, no me costó demasiado ubicar el estuche rígido de color verde.

Volví con él al comedor y lo apoyé sobre la mesa. Accioné los cierres de la tapa, dejando al descubierto la máquina de escribir Olivetti que me habían regalado mis padres para las clases de mecanografía de la secundaria. Todavía la utilizaba de vez en cuando para los trabajos de la universidad. Busqué una hoja en blanco. Tecleé todo lo rápido que me lo permitieron los dedos. Cuando terminé, retiré el papel del carrete, lo doblé en cuatro y lo puse dentro de la mochila, asegurándome de dejarlo bien visible sobre los dólares. También metí la copia de la declaración falsificada que me había facilitado Quiroga.

Luego fui a la alacena y agarré un frasco vacío. Había tenido mermelada de higo y todavía conservaba la etiqueta. Salí por la puerta trasera y lo llené de ceniza antes de cruzar el patio hacia el taller.

Esparcí una fina capa sobre la mesa de trabajo y sobre la caja donde había escondido los cien mil dólares. Quizá estaba muy paranoico, pero si alguien entraba al galpón —el comisario, por ejemplo, si se enteraba de que le faltaba el dinero y sospechaba de mí—, ver mis huellas sería como encontrar un cartel de neón que dijera: «Acá están los dólares».

De unos clavos en la pared descolgué el gorro de lana que usaba para trabajar en invierno y las gafas de un viejo *snorkel* que habían sido la protección de mis ojos cuando daba mis primeros pasos con la amoladora. Por último, elegí uno de los overoles de cuerpo entero que me ponía para soldar. Lo enrollé, me lo puse debajo del brazo y salí del taller asegurándome de cerrar la puerta con llave.

De camino al auto, dejé el frasco con ceniza junto a una pared de la casa. Todavía le quedaba la mitad.

Capítulo 22

Jueves, 6 de diciembre de 2018, 5:21 p. m.

Se levanta de la máquina de escribir y estira el cuello y los brazos, intentando calmar un poco el dolor muscular. Ni como enfermero ni como soldador ha tenido nunca que pasar muchas horas sentado en un escritorio. Ahora entiende por qué hay tantos oficinistas con problemas de espalda.

Va hacia el rincón del comedor donde tiene la valija abierta y revuelve un poco entre la ropa hasta que encuentra un frasco de vidrio. En la etiqueta blanca, gastada por los años, hay dos higos: uno entero y uno partido por la mitad, revelando un interior jugoso.

Unas letras negras, grandes, anuncian la marca de la mermelada. Otras, diminutas, enumeran los ingredientes y dan la dirección del fabricante. Pero a él solo le interesa una línea de texto un poco más arriba, en una tipografía que no encaja con el resto: «Envasado en 1990».

Recuerda ese año con un sabor agridulce. Durante junio y julio, él y su grupo de amigos se juntaron a ver los partidos del Mundial en la casa de Claudio Etinsky. Una especie de ritual obligaba a cada persona a ocupar el mismo asiento y tomar la misma bebida que durante el partido pasado. Todo tenía que ser idéntico a la vez anterior para continuar con la racha ganadora.

El día de la semifinal contra Italia, la mujer de Claudio invitó a una compañera de trabajo que hacía poco más de un año que había llegado de Mendoza y todavía no tenía muchos amigos. Hubo quejas serias, como si agregar una persona a aquel comedor fuera a destrozar el frágil equilibrio divino que necesitábamos para salir campeones.

Volvió a verla el día de la final, y se sonrieron antes de que empezara el partido.

Después de noventa minutos de sufrimiento y gritos de reclamo al árbitro por un penal que fue y otro que no fue, Argentina perdió uno a cero contra Alemania. Las más de veinte personas vestidas de celeste y blanco que había en lo de Claudio empezaron a hablar cada vez más bajo, hasta que solo se oyeron murmullos bajos puntuados por algún exabrupto. Algunos lloraron, igual que lloraba Maradona en Roma mientras se apuraba a descolgarse del cuello la medalla plateada. Luego se fueron yendo de a poco, sin decir demasiado.

Él también emprendió su camino de vuelta a casa y salió, no por casualidad, al mismo tiempo que ella. Caminaron juntos charlando por las calles desoladas. Se cruzaban de vez en cuando con alguien que llevaba al hombro una bandera tan gacha como sus cabezas o una corneta apuntando hacia abajo.

Al llegar a la esquina en la que debían separarse, él la invitó a su casa, bromeando sobre ahogar las penas con una botella de ginebra. Para su sorpresa, ella aceptó. Y durante aquella tarde en la que casi todos los demás argentinos estaban tristes, ellos se emborracharon, rieron a carcajadas y terminaron haciendo el amor.

«Envasado en 1990», vuelve a leer en la etiqueta. Pasa el pulgar sobre la frase y gira el frasco. Detrás del vidrio transparente no hay mermelada sino un polvo que lo llena hasta la mitad. Si fuera blanco, nadie dudaría en asegurar que es harina. Pero es gris, como lo fue todo en Puerto Deseado durante meses, justo un año después de conocerla a ella y de que alguien, en una fábrica a miles de kilómetros, llenara ese frasco con mermelada.

Agita el recipiente con una mano todo lo rápido que puede. El polvo golpea en bloque la tapa de metal y el vidrio del fondo, emitiendo una ristra de *clanks* y *clinks* sordos. Después lo apoya sobre la mesa como si fuera una de esas bolas de cristal llenas de agua y copos de nieve falsos. Debajo de la tapa, una niebla gris se mueve en círculos como el humo atrapado en una botella.

Desenrosca la tapa y el vaho pardo escapa en cámara lenta por la boca del frasco. Pareciera que, en vez de polvo, el recipiente contuviese una sopa muy caliente. Esboza una sonrisa agria, como la de quien se reencuentra con un viejo enemigo al que se odió por algo que ya no importa.

Se encorva sobre el frasco e inhala. Ya no huele igual. Hace veintisiete años olía a azufre y a amenaza, no a tierra vieja y estéril.

Mete el dedo índice y lo saca teñido de gris. Lo junta con el pulgar y frota las yemas lentamente. Sabe que varias semanas de ese roce son capaces de borrarle las huellas digitales. Lo sabe desde que a finales del 91, en el consulado argentino le pusieron un montón de problemas para darle un duplicado del DNI porque sus yemas entintadas apenas imprimían en el papel óvalos rellenos de marcas débiles y discontinuas.

Recién cuando se lleva los dedos a la boca logra retroceder veintisiete años. La ceniza áspera en la lengua y los dientes lo trasladan de inmediato hasta la peor pesadilla de su vida.

Sopla dentro del frasco con mucha suavidad hasta que una nube de polvo se le instala en la cara. La garganta y el diafragma le piden que tosa, pero él pospone el espasmo, esforzándose por abrir bien los ojos y aspirar fuerte por la nariz.

Llega un momento en el que ya no puede aguantar la comezón y tose de forma incontrolable. Entonces aprovecha las lágrimas que le arranca la ceniza para dejar salir otras, más gordas y pesadas, que vienen empujadas por los recuerdos.

Capítulo 23

Miércoles, 14 de agosto de 1991, 2:46 p. m.

Conduje lentamente los dos kilómetros que separaban el pueblo de la Cueva de los Leones. Estacioné al final del camino, donde la playa de canto rodado se interrumpía de repente para dar paso a unos acantilados verticales de treinta metros de alto.

El viento era tan fuerte que hacía que el auto detenido se meciera sobre los amortiguadores. Con la cabeza apoyada en el respaldo del asiento, respiré hondo y miré el mar. El azul profundo del Atlántico había mutado a un verde grisáceo y la espuma en las crestas de las olas era tan marrón como la leche chocolatada.

Bajé del auto y me cargué la mochila a la espalda. Caminé hundiendo los pies en el pedregullo polvoriento hasta llegar a la franja lavada por el agua. Continué por la playa, que se estrechaba en dirección a los acantilados, hasta llegar a un punto en el que desaparecía por completo y la pared de piedra se encontraba directamente con el agua en un ángulo de noventa grados. Según las marcas del verdín en la roca redondeada por milenios de rompiente, no faltaba mucho para la bajamar.

Metí un pie en el agua. Estaba helada. Por suerte las olas no eran lo suficientemente grandes como para aplastarme contra la piedra. Me apoyé la mochila en la cabeza y seguí avanzando, hundiéndome con cada paso un poco más en un agua invernal que me causaba el dolor de mil agujas clavándose en la carne.

Supuse que los secuestradores sabían perfectamente que a la Cueva de los Leones solo se podía acceder sin mojarse cuando la marea estaba totalmente baja. Forzándome a mí a hacerlo un rato antes, se aseguraban de que no habría nadie dentro cuando yo dejara el rescate.

Con el agua a la cintura, vadeé lo más rápido que pude el trecho de playa sumergida hasta que, unos treinta metros más adelante, el canto rodado reapareció bajo mis pies. Solté la mochila y caí de rodillas en las piedras, con los dientes apretados y la cara retorcida de dolor. Cuarenta y cinco segundos en un agua a tres grados no es suficiente para matar a un hombre de hipotermia, pero sí para que sienta que le están amputando las piernas con un rallador de queso.

Apenas pude volver a mover los pies, recogí la mochila del suelo y avancé unos metros por la playa hasta que en el acantilado infranqueable se abrió la enorme caverna que yo tantas veces había visitado.

Como siempre, las sinuosidades en la roca me dieron la sensación de estar entrando en la garganta de un gigante. Enfilé hacia el fondo, donde una saliente rocosa se asomaba como un balcón natural, elevando tres metros el suelo de la caverna. Leones, como le decían algunos en el pueblo, era una cueva dentro de una cueva. Y esa particularidad la hacía un escondite perfecto.

La parte de abajo, donde me encontraba ahora, se inundaba dos veces por día con la marea. De hecho, había quien sostenía que el nombre de la cueva no tenía nada que ver con la colonia de leones marinos que había en esas rocas antes de que el hombre blanco los desplazara a lugares más inaccesibles, sino que se llamaba así por el sonido que hacían las olas cuando rompían dentro.

Por otro lado, la parte de arriba, donde había subido mil veces cuando era chico, quedaba fuera del alcance del agua incluso en los días de marea extraordinaria.

Era prácticamente imposible escalar desde abajo la gruesa saliente, pero el ingenio popular había sorteado este escollo muy fácilmente: cientos de rocas apiladas por los visitantes formaban un montículo al que poder encaramarse.

Comencé a subir esta especie de escalera improvisada, poniendo atención a cada paso. No sería la primera ni la última vez en la historia de la cueva que alguien pisara una piedra mal asentada y terminara con un hueso roto. Yo mismo había atendido a más de uno en el hospital.

Una vez en la punta del montículo, tiré la mochila al suelo de la cueva de arriba. Sin peso a mis espaldas, no me costó demasiado sujetarme a la saliente áspera e impulsarme de un salto para poner el pecho y el estómago sobre la roca. Algunas piedras del montículo se desmoronaron a mis pies con un sonido que reverberó en la caverna. Bajar sería más difícil que subir, pero ese era el menor de mis problemas.

La cueva de arriba no era muy profunda. Los cuatro o cinco pasos que tuve que hacer para alcanzar el fondo rompieron la capa de ceniza virgen en el suelo. Contra la pared encontré una botella de vino vacía y varias colillas de cigarrillo. Todo estaba tapado de gris, como en el patio de Fermín Almeida.

Aunque la Cueva de los Leones no era Times Square, tampoco era un lugar secreto. Durante generaciones había servido como escondite para adolescentes rebeldes o amantes furtivos, dos grupos a los que yo había pertenecido. Eso sí, hasta donde sabía, era la primera vez que se usaba para pagar un rescate.

Cuando apoyé la mochila en el suelo polvoriento, junto a la botella vacía, una especie de impulso me obligó a abrir la cremallera para asegurarme de que todo estuviera en su lugar. Encima de los dólares encontré la carta que acababa de mecanografiar. Al agarrarla, me di cuenta de que las manos me temblaban de manera incontrolable. La ropa mojada me estaba metiendo el frío en los huesos. Si no me la quitaba pronto, entonces sí empezarían los primeros signos de hipotermia.

Así y todo, releí la carta. Fue un acto masoquista, porque ya no había tiempo ni forma de cambiarle nada.

Hola,
Acá hay un millón de dólares. Como intenté explicarles, lo tenía el comisario en su casa. De hecho, cuando ustedes me llamaron yo lo acababa de encontrar y todavía no había tenido tiempo de contarlo. Después de que cortamos me di cuenta de que no está todo lo que Rivera se robó. Faltan quinientos mil.

Por favor, les pido que entiendan. El que les robó a ustedes fue él, no yo. Yo le devolví los tres millones que encontré en el lugar del accidente, pero él falsificó mi declaración para que solo quedase constancia de la mitad. Es decir, un millón y medio. De la otra mitad, un millón lo tenía en su casa. No tengo ni idea de qué hizo con los otros quinientos mil. A lo mejor los escondió en otra parte o se los repartió con alguien en la comisaría.

Sé que es difícil de creer, pero junto a esta carta les dejo una copia de mi supuesta declaración en la comisaría al momento de entregar el dinero. Esa no es mi firma, alguien la falsificó. Quizás ustedes tengan alguna manera de comprobarlo.

Me gustaría explicarles esto por teléfono, pero probablemente no me llamen hasta después de venir a buscar el rescate. Les pido por favor que no le hagan nada a Graciela y que me crean.

Por otra parte, conseguí contactar con más personas que me pueden prestar dinero e incluso alguien dispuesto a comprarme la casa. Creo que puedo llegar a reunir unos cien mil dólares en total. Y también puedo entregarles mi auto.

Por favor, sean razonables. Yo ya no puedo más.

Raúl Ibáñez

Cuando terminé de leer el mensaje, la escasa luz gris que entraba por la boca de la cueva desapareció como si alguien hubiese apagado una vela. Miré hacia atrás y descubrí una nube de ceniza muchísimo más densa que la que nos había cubierto hasta ese momento. La negrura en la entrada de la caverna era absoluta. Miré el reloj, confundido: acababa de hacerse de noche a las tres de la tarde.

Puse el papel sobre los dólares, junto a la copia de mi declaración, y cerré los ojos un instante. Apreté los dientes para que dejaran de castañetear y, a falta de un dios al que prometer nada, le pedí a la vida, al universo o a quien carajo me estuviera escuchando que nos diera una mano a Graciela y a mí para salir del infierno en el que llevábamos dos días metidos.

Me descolgué estirando los pies hacia abajo todo lo que pude, como cuando era chico. Después de varios intentos, mi zapatilla rozó la punta del montículo de rocas. Le apoyé el peso poco a poco, para asegurarme de pisar en firme, y luego bajé con mucho cuidado hasta alcanzar el suelo. A pesar de la oscuridad, no fue tan difícil como esperaba.

Salí de la cueva para encontrarme con un cielo tan negro como si en vez de las tres de la tarde fueran las tres de la mañana. A tientas, volví a meter medio cuerpo en el agua helada y avancé hasta alcanzar la playa de pedregullo donde había dejado el coche.

Emprendí la vuelta al pueblo lo más rápido que pude. Las luces delanteras del auto penetraban apenas unos metros en la espesa nube de ceniza. Por el espejo retrovisor todo lo que lograba ver era una cortina de polvo que las luces traseras teñían de rojo. Me resultaba imposible saber si alguien me seguía, aunque lo consideraba poco probable. Supuse que los secuestradores habrían estado escondidos cerca de la cueva y, tras verme entrar y salir, ahora estarían ocupados recogiendo el dinero sin perder un minuto.

Desanduve las subidas y bajadas del camino de ripio hasta que a mi derecha divisé, apenas, el paredón blanco del cementerio. Casi un kilómetro más adelante, entré al pueblo. La nube de ceniza que había causado la noche en pleno día era tan densa que se habían encendido las luces del alumbrado público. «Una a mi favor», pensé mientras conducía por la calle Oneto. La poca visibilidad me vendría al pelo.

Giré a la derecha en la calle Maipú y estacioné frente a la cancha de fútbol del club Deseado Juniors. El reloj rayado que llevaba en la muñeca marcaba las tres y diez. Si, como habían dicho, me llamaban una hora después de pagar el rescate, todavía me quedaban cincuenta minutos.

Con toda la velocidad que me permitieron los dedos agarrotados por el frío, me saqué la ropa mojada y me puse el overol. También reemplacé la máscara y las antiparras por el viejo *snorkel* y un pañuelo que me cubría la boca y la nariz. Por último, me sacudí un poco los pelos y me calcé el gorro de lana.

Eché a correr por un Puerto Deseado desierto y oscuro, trazando el camino inverso al que acababa de hacer con el Nueve. Con cada paso, mis extremidades se descongelaban un poquito más.

Bajé el ritmo al llegar a la última fila de casas del pueblo, en la calle Patagonia. Crucé las vías abandonadas del ferrocarril y continué en contra del viento. El camino hacia la Cueva de los Leones partía desde la calle que yo pisaba ahora y se alejaba del pueblo paralelo a las vías. Nadie en su sano juicio caminaría por allí en medio de una tormenta de ceniza como aquella.

Confiando en que el cambio de ropa me hacía irreconocible, decidí dedicarme a deambular, en uno y otro sentido, por el tramo de la calle Patagonia en el que desembocaba el camino. Cuando avanzaba de las vías hacia el mar, era un operario fiel presentándose a trabajar en una de las pesqueras que se concentraban en esa zona del pueblo. Cuando lo hacía en la dirección contraria, era uno que volvía a casa después de enterarse de que la planta seguía cerrada hasta nuevo aviso.

Al dar la vuelta por quinta vez tras llegar a las vías, vi por fin a mi izquierda unas luces que se acercaban desde el cementerio. Agaché la cabeza, simulando protegerme del viento y la ceniza, y caminé lentamente hacia la intersección.

Los focos se apagaron justo antes de entrar al radio de veinte metros en el que el alumbrado público rompía un poco la oscuridad absoluta. Distinguí la silueta cuadrada de una Trafic, tal como la había descrito el vecino del ex de Graciela. Ahí dentro estaban los hijos de puta que habían secuestrado a mi mujer. Y quizá ella también.

Caminé muy lento, con las manos en los bolsillos, mientras la Trafic aminoraba la marcha al acercarse a la intersección, a menos de diez metros de mí. Levanté apenas la vista para observar el número de matrícula en la parte delantera del vehículo, pero la camioneta ya estaba muy cerca de la calle Patagonia y yo la veía demasiado de costado. Solo pude reconocer la letra U inicial, que identificaba a la provincia de Chubut. ¿Habrían alquilado la camioneta en Comodoro?

Me fue imposible distinguir los seis dígitos que le seguían. Ralenticé aún más el paso, esperando a que ellos giraran y así tener un mejor ángulo, pero la Trafic no dobló a la derecha para dirigirse al pueblo ni a la izquierda en dirección a las pesqueras. Para mi sorpresa, cruzó la calle y continuó sin detenerse por un camino en desuso, junto a las vías del tren, que llevaba a la abandonada estación del ferrocarril. Se alejó de mí envuelta en una nube de ceniza.

Comencé a seguirlos a pie con la esperanza de que en algún momento una ráfaga de viento despejara la polvareda lo suficiente como para poder leer los números detrás de la letra U. Echando a correr a toda velocidad, logré evitar por unos segundos que la distancia que me llevaba siguiera aumentando, pero el sabor metálico de la sangre en la garganta me dejó claro que aquella era una batalla perdida. Si en condiciones normales ya habría sido imposible, más lo era envuelto en ceniza volcánica.

Cuando mi cuerpo ya no pudo más, me detuve. Doblado hacia adelante, con las manos sobre las rodillas, respiré a mil por hora a través del pañuelo que me cubría la cara. Cada bocanada de aire me ardía en el pecho como si fuera ácido, y los latidos acelerados del corazón me repiqueteaban en las sienes. Tardé casi un minuto en estar seguro de que no iba a vomitar.

Cuando miré hacia adelante, la oscuridad había engullido a la Trafic y todo a mi alrededor volvía a estar quieto. Solo escuchaba el repiquetear de la ceniza en el vidrio de mi vieja máscara de *snorkel*.

Me senté en el suelo y le di un puñetazo a la tierra, como si eso fuera a solucionar algo. Solo logré levantar un poco de polvo y dejar mis nudillos marcados en la ceniza.

Entonces se me encendió la lamparita y miré hacia atrás: en el camino se notaban perfectamente mis pisadas, flanqueadas a ambos lados por la tira de líneas zigzagueantes que imprimían los neumáticos de la camioneta.

Comencé a seguir las ruedas en dirección a la estación del ferrocarril. Las huellas solo se interrumpían en las partes más elevadas del terreno, donde el viento no dejaba que se acumulara la ceniza. Pero en cuanto había una depresión en el relieve, o unas matas que crecían en el camino abandonado, la ceniza volvía a depositarse revelando las marcas del vehículo.

Unas marcas que con cada ráfaga de viento se borraban un poquito más.

No estaba del todo claro qué era lo que me llevaba a avanzar tras esas huellas. No solo ya conocía la identidad de los secuestradores sino que tenía la certeza de que si me descubrían siguiéndolos, no sobrevendría nada bueno. Sin embargo, continué dando un paso tras otro, como si algo dentro de mí me dijera que mientras más supiera sobre la situación de Graciela, más podría ayudarla.

Trescientos metros más adelante, me sorprendió descubrir que las marcas no llegaban hasta la estación de tren, sino que se metían en el más grande de los tres galpones de chapa que había junto a las vías.

La construcción era una especie de hangar de cien metros de largo. Durante casi setenta años se había usado para arreglar los trenes que traían lana de la meseta para sacarla en barco por Puerto Deseado. Pero el lugar llevaba quince años abandonado, al igual que la estación y todas las otras dependencias del ferrocarril, desde que un ministro de economía decidió que los trenes les quitaban demasiados clientes a las flotas de camiones de las que él mismo era dueño.

Me resultaba extraño que los secuestradores hubieran elegido ese lugar para esconderse. Si bien les jugaba a favor que estuviera abandonado y lejos de las casas del pueblo, se encontraba en una explanada que, en cuanto la nube de ceniza se dispersara un poco, los dejaría en una posición muy vulnerable. La única explicación que se me ocurrió fue que su plan original hubiera sido llevarse a Graciela del pueblo la noche que la secuestraron, pero la erupción del volcán los hubiera obligado a desistir. Quizá habían decidido que, mientras la ceniza continuara cubriéndolo todo, ahí estarían protegidos.

Las huellas de la Trafic se perdían debajo de un portón de chapa en uno de los laterales del enorme galpón. Siempre simulando ser un trabajador que volvía a su casa desde una pesquera, rodeé la construcción con las manos en los bolsillos hasta llegar a otro portón, mucho más grande, del que salía una vía oxidada. La cadena gruesa que unía las hojas estaba asegurada con un candado al que los años de intemperie patagónica habían robado todo el brillo.

Miré por el agujero por el que pasaba la cadena. La claridad débil de las luces del pueblo y de los reflectores de una pesquera cercana intentaba colarse por las mil rendijas que el tiempo había abierto en la construcción de chapa. Lo primero que identifiqué fue la Trafic, estacionada al otro lado del portón pequeño donde se perdían las huellas. Tenía las dos puertas de adelante abiertas y la trompa apuntando prácticamente hacia mí de forma que pude distinguir perfectamente los seis dígitos de la matrícula. Los repetí mentalmente hasta memorizarlos.

Unos cincuenta metros más atrás, el resplandor de una fogata en el suelo se proyectaba en una de las dos paredes largas de la construcción rectangular. Supuse que, en otras circunstancias, el humo que salía de las ventilaciones en el techo del galpón los habría delatado. Pero detectar una columna de humo en un pueblo cubierto de ceniza era como echar agua mineral al mar y pretender seguirle el rastro.

Alrededor del fuego había dos figuras. Una era un hombre corpulento, de bigote grueso, que gesticulaba con una mano mientras sostenía en alto una mochila con la otra. Le hablaba a una mujer sentada en el suelo con la espalda apoyada contra una gran estantería de metal perpendicular a la pared. Tenía los ojos vendados y una máscara antigases le cubría la boca y la nariz. Por la forma antinatural en que las manos se juntaban detrás de sus lumbares, supe que estaba atada.

Él, supuse, era Federico Contreras. En cuanto a ella, no había dudas.

Contreras dio unos pasos hacia mi mujer y le acarició la parte de la barbilla que asomaba por debajo de la máscara. Todos los músculos del cuerpo se me tensaron a la vez, y un ardor me subió del estómago hacia la garganta. Apreté tanto los puños que las uñas se me clavaron en las palmas.

Era la primera vez que sentía un odio así. Quería entrar ahí y arrancarle la cabeza a ese hijo de puta. Incluso a sabiendas de que, si lo intentaba, lo más probable era que terminara con varios balazos en el pecho, la rabia me empujaba con una fuerza peligrosamente irresistible.

El estruendo a un metro de mi cabeza me sacó de aquel trance. Una ráfaga había traído consigo un cartel de madera arrancado de quién sabía dónde y lo acababa de estrellar contra el portón. El ruido en la chapa sobresaltó a Federico Contreras, que gritó algo que no logré entender. Se quedó unos segundos esperando una respuesta, pero al ver que nadie le contestaba, empuñó una pistola y caminó decidido hacia mí.

Me alejé a toda velocidad en busca de un lugar donde refugiarme. En la explanada de matas bajas y vías oxidadas que separaba el pueblo del galpón, mi única esperanza era el viejo intercambiador que había servido para invertir el sentido de las locomotoras.

Me tiré de cabeza a la fosa circular donde pivotaba el mecanismo. Las rodillas golpearon el cemento con tanta fuerza que no sé cómo no me rompí ningún hueso.

Me quedé allí, esperando a que en cualquier momento Federico Contreras saliera de la construcción y se dirigiera hacia mí, pero los minutos fueron pasando y yo seguía vivo. Tardé más de un cuarto de hora en convencerme de que no me habían visto.

Asomé la cabeza de mi escondite con la intención de salir corriendo, pero noté por el rabillo del ojo la figura menuda de un hombre que se acercaba por las vías al galpón donde tenían a Graciela. Tenía la cara protegida con una bufanda y llevaba un bolso negro en la mano.

Primero pensé que se trataba de un empleado de alguna pesquera, pero cuando lo vi entrar a la construcción abandonada supe que no podía ser otro que Jacinto Conteras, el hermano de Federico.

Mientras me preguntaba por qué no había ido con su hermano a recoger el rescate a la Cueva de los Leones, una fuerte ráfaga de viento redujo la visibilidad. Aproveché para echar a correr hacia el pueblo.

Capítulo 24

Miércoles, 14 de agosto de 1991, 3:44 p. m.

Cuando llegué a mi casa, supe que se había ido todo a la mierda. Los cajones de las habitaciones estaban tirados en el suelo, el colchón de la cama dado vuelta y la puerta de atrás, abierta. Al asomarme, lo primero que vi fue que el candado con el que había cerrado el taller había quedado reducido a dos pedazos de metal tirados en el suelo.

Corrí hacia allí sabiendo de antemano qué me iba a encontrar, y no me equivoqué. La vieja caja de madera estaba abierta y vacía sobre la mesa. Alguien se había llevado los cien mil dólares.

La visión se me nubló tan de repente que tuve que agarrarme a la mesa para no caer al suelo. Supongo que el único motivo por el que no me desmayé fue porque en el fondo, muy en el fondo, albergaba la esperanza de que no hubiera sido Jacinto Contreras sino el comisario. Las consecuencias de haberle robado al jefe máximo de la policía palidecían comparadas con las de haberles mentido a dos narcotraficantes que tenían secuestrada a mi mujer.

Miré el reloj, intentando no pensar. Habían pasado tres cuartos de hora desde que había dejado el millón de dólares en la Cueva de los Leones y faltaban quince minutos para que me llamaran.

Pero el teléfono no sonó ni una sola vez durante las tres horas que estuve sentado junto a él.

No fue hasta las siete de la tarde, cuando ya estaba totalmente oscuro, que oí los tres golpes tímidos en la puerta de mi casa.

Capítulo 25

Jueves, 6 de diciembre de 2018, 6:42 p. m.

Hace diez minutos que mira la máquina de escribir sin atreverse a apretar una sola tecla. ¿Cómo contar lo que no vivió sin faltar a la verdad?

Como lo haría un historiador. Él no estuvo ahí, es cierto, pero ha tenido muchos años para ir juntando pequeños retazos. Una palabra dicha en sueños por ella, ciertas miradas, reacciones inesperadas.

Si tuviera que contar cualquier otro de los momentos que Graciela vivió a solas con los hermanos Contreras, no sabría por dónde empezar. Pero el que se dispone a relatar ahora es diferente. Es el único del que tiene una teoría sólida acerca de cómo fueron las cosas.

La fue armando durante años, como un aficionado a los puzles que encaja con paciencia infinita veinte mil piezas de colores hasta formar un paisaje de dos metros de ancho.

En su cabeza hubo, y continúa habiendo, varios de esos puzles. La mayoría sigue con las piezas desparramadas, sin orden, incluso boca abajo. A lo sumo logró ensamblar algunas en grupitos demasiado pequeños como para distinguir si corresponden a un árbol, un río o una montaña.

Solo uno de los rompecabezas está completo, y es el que está por mecanografiar ahora. Después de muchos años de prueba y error, sabe qué imagen terminan formando esas piezas. Intentó mil veces ensamblarlas de otra manera, pero entonces siempre hay algo que no encaja.

Por eso, se repite a sí mismo, las cosas no pudieron ser de otra forma. Detalle más, detalle menos.

Sus dedos, ahora metidos en la piel de Graciela, vuelven a moverse sobre las teclas.

Capítulo 26

Miércoles, 14 de agosto de 1991, 4:24 p. m.

Graciela quiso abrir los ojos, pero la venda apenas le permitió despegar los párpados. Si levantaba la cabeza hasta tocar con la coronilla la estantería de hierro a la que estaba atada, podía ver el destello tenue del fuego por la diminuta separación entre el trapo y sus pómulos.

Las llamas, que a duras penas servían para entibiarle los pies, eran incapaces de contrarrestar el frío del suelo en el que la habían obligado a sentarse y de la columna de hierro contra la que apoyaba la espalda.

Hacía horas que había dejado de patalear y retorcerse para intentar liberarse. Los forcejeos solo le servían para que las bridas de plástico que le sujetaban las muñecas se le hundieran aún más en la carne.

Cerró los ojos debajo de la venda, intentando no pensar. La mordaza tenía gusto a trapo de cocina sucio, y la máscara de plástico que le habían puesto por encima amplificaba el sonido del aire entrando y saliendo por sus fosas nasales. Tenía que aguantar la respiración para poder escuchar la conversación de los dos tipos al otro lado del fuego.

—Qué día elegiste, ¿no? —decía uno de ellos.

Por la voz, Graciela supo que era el más corpulento. El mismo que la había cargado y movido como una bolsa de papas para ir a buscar el rescate.

—¿Cómo voy a saber que está por explotar un volcán en la concha de la lora y las cenizas se van a volar hasta acá? —respondió el otro, que era el que daba las órdenes.

—Pero ¿te dije o no te dije cuando fuimos a buscar el Torino que ese polvo era muy raro y que mejor canceláramos?

—¡No podíamos! ¿Cómo vamos a cancelar, boludo? No es una reserva en un restaurante.

—Se podía posponer perfectamente, Jacinto.

—Además, esta ceniza nos juega a favor.

—¿Ah, sí? ¿A favor? A ver, explicame, ¿cómo nos vamos a ir del pueblo con la guita? Está todo cortado.

—No está todo cortado. Está colapsado, que no es lo mismo. ¿No te das cuenta? La policía, el hospital, todos están corriendo de arriba abajo, desesperados, tratando de ayudar. Nadie va a sospechar de dos tipos que no reconocen haciendo movimientos extraños, porque todo el mundo está irreconocible y comportándose de manera poco habitual.

Las últimas palabras se hicieron más nítidas y le llegaron a Graciela acompañadas de unas pisadas. Supo que rodeaban el fuego, acercándose a ella.

—Gracielita, ¿cómo estamos? —le dijo el tal Jacinto con su voz nasal.

Aunque no podía verlo, supo por el crujir de los ligamentos de la rodilla que se había puesto de cuclillas frente a ella.

No respondió.

—¿Tenés miedo? No, mamita, no tengas miedo.

Unos dedos ásperos le tocaron la frente. Ella reculó, golpeándose la cabeza contra la columna de metal.

—Tranquila, que te vas a lastimar.

Los dedos volvieron a deslizarse por su cara y se metieron por debajo de la venda, tirando hacia arriba para quitársela.

Abrió los ojos. El gangoso le sonreía con media boca a un palmo de su cara. Detrás de él, el más corpulento la observaba de pie, sujetando una bolsa a cada lado del cuerpo.

Miró alrededor. La luz del fuego, atenuada por el polvo en suspensión, apenas iluminaba unos metros a la redonda.

¿Dónde estaba?

—Esto era muy simple, Graciela. Raúl nos devolvía el palo y medio que nos robó y nosotros te dejábamos ir sin un rasguño.

Intentó hablar, pero el trapo en la boca se lo impidió. Jacinto sonrió y, con movimientos delicados, le bajó el respirador y la mordaza hasta dejarlos colgando del cuello.

—Raúl no les robó nada —dijo, con el sabor rancio del trapo instalado en la lengua—. Encontró tres millones de dólares y se los devolvió a la policía.

—Ay, Graciela, Graciela. Ya parezco un loro de repetir siempre lo mismo. Raúl devolvió uno y medio, pero había tres. Y tres menos uno y medio, es uno y medio, ¿no?

Graciela le sostuvo la mirada, dispuesta a no pronunciar palabra. Pero la mano del hombre le agarró la cara con la velocidad de un ataque de serpiente, clavándole los dedos en los músculos del maxilar.

—¿Cuánto es tres menos uno y medio, Graciela?

—Uno y medio —respondió ella, pero la presión en su mandíbula hizo que solo se oyera «uo y beio».

—Exactamente —asintió él, soltándola de a poco—. Eso es lo que le pedimos. Ni más, ni menos. Ni siquiera le estamos cobrando intereses. Y eso que ya perdimos un millón y medio a manos de la policía. Porque, como te imaginarás, la parte que devolvió tu noviecito no la vemos nunca más.

—Pero ¿por qué no le creen? ¿Qué sentido tiene devolver solamente la mitad?

—¿Y qué sentido tiene que de repente ahora tenga un palo para pagar el rescate? Decime, si vos estuvieras en mi lugar, ¿qué te parecería más probable? ¿Que el millón lo tuviera guardado él y que finalmente se haya decidido a entregárnoslo o la historia esa de que se lo robó al verdadero ladrón, que resulta ser el comisario?

Graciela decidió no seguir por ese camino.

—Pero de todos modos, ustedes ya tienen la plata. Ahora déjenme ir, por favor.

—Todavía falta una buena parte, que parece que Raulito se la quiere quedar para él —dijo, estirando la mano hacia atrás.

El grandote le alcanzó un bolso de gimnasio que Jacinto Contreras apoyó en el suelo.

—Raúl tiene un taller de soldadura en el fondo de la casa, ¿no?

—Sí.

—Bueno, te voy a contar una historia. Resulta que yo a tu marido no le creo nada. No sé bien cómo explicártelo, pero después de muchos años en mi línea de trabajo, digamos que desarrollé un olfato especial para detectar a la gente que me miente. Y hubo algo en todo ese cuento de «ahora no la tengo, resulta que la tenía el comisario, ahora sí la tengo» que no me cerraba para nada. Entonces, hoy cuando Raúl salió de su casa para ir a pagar tu rescate, ¿quién estaba esperando en la esquina?

Jacinto Contreras se señaló a sí mismo con las puntas de los dedos.

—Así que mientras Federico y vos iban a la Cueva de los Leones, yo decidí visitar tu casa. Muy linda la habitación de matrimonio, por cierto. Perdón por el despelote que hice, pero comprenderás que no podía dejar nada sin revolver si quería confirmar que Raúl me mentía.

—Pero Raúl no te miente.

Contreras levantó las palmas para indicarle que todavía no había terminado. Luego señaló con un dedo el bolso a sus pies.

—Cuando terminé con la casa, seguí por el taller de soldadura. Y ahí encontré algo que me extrañó un poco y que te quería consultar. ¿Raúl siempre tiene cien mil dólares guardados entre sus hierros mugrientos?

El hombre abrió el bolso y le mostró el contenido a Graciela. Dentro había varios fajos de billetes sujetos con gomas elásticas.

—¿Qué es esto? —preguntó ella.

—Esa es exactamente la pregunta que me hago yo. A ver si vos me ayudás a encontrarle una explicación. ¿Cómo es que Raúl nos escribe una carta pidiéndonos por favor que le creamos que solo tiene un millón de dólares y encontramos cien mil más en su casa?

—No, no puede ser —dijo Graciela—. Eso no es nuestro. Se lo debe haber plantado la policía. Fíjense que ni siquiera son los mismos fajos que los que encontró en el accidente.

—Cien mil dólares son cien mil dólares, Graciela. Arrugados valen lo mismo que planchaditos.

Jacinto Contreras volvió a estirar la mano hacia atrás y su hermano le entregó una bolsa de lona en la que se adivinaba un objeto pesado. Se la puso en el regazo, la abrió y sacó de ella un hacha de mano oxidada.

—No es que yo sea un experto en secuestros —dijo, mirando el filo mellado—, pero algo sé. Y mi experiencia me dice que cuando alguien se cierra como una ostra, como parece ser el caso de tu querido Roli, la mejor manera de abrirlo es mandándole un *souvenir*.

El hombre hizo un gesto con la cabeza y el musculoso se agachó y arrancó de un tirón la zapatilla derecha de Graciela. Ella intentó patalear con toda su fuerza, pero las manos enormes le sujetaron el tobillo con la firmeza de unas tenazas.

—Si sabés algo, te conviene hablar ahora, Graciela. A lo mejor vos misma podés pagar el rescate.

El gangoso rompió con las manos la tela de la media y le apoyó el filo del hacha sobre el dedo pequeño. Ella forcejeó de nuevo pero no logró mover la pierna ni un centímetro. El otro tenía tanta fuerza que parecía que la planta del pie estuviera pegada al suelo.

—No sé nada, por favor.

Jacinto Contreras levantó el hacha a la altura de su hombro y la miró a los ojos.

—Raúl es un hombre bueno, se lo juro. Quiso hacer lo correcto y devolver un dinero que no le pertenecía. Un dinero que no hubiéramos podido ganar en toda la vida. No sé de dónde salieron esos cien mil dólares, pero Raúl no tiene nada que ver. Yo misma le insinué que nos quedáramos con una parte de lo que encontró en el lugar del accidente, pero él devolvió todo ese mismo día. Tiene principios de hierro.

Con el hacha todavía en el aire, el hombre le ofreció una sonrisa tenue mientras asentía lentamente con la cabeza.

—No sé por qué, pero te creo, Gracielita —dijo.

Graciela soltó todo el aire de los pulmones en un suspiro larguísimo. Él, sin dejar de mirarla a los ojos, ensanchó la sonrisa.

—A vos te creo, pero a Raúl no.

Con un movimiento rápido del hacha, Jacinto Contreras cercenó el dedo.

Graciela se quedó mirando atónita el charco de sangre que se le formaba debajo de la planta del pie.

No fue hasta varios segundos después que entendió lo que acababa de pasar y soltó un alarido que retumbó en todos los rincones del galpón abandonado.

Capítulo 26

Miércoles, 14 de agosto de 1991, 7:03 p. m.

Al oír los golpes en la puerta, me levanté de la silla de un respingo y atravesé el comedor. Abrí obligándome a mostrar una sonrisa ancha, por si del otro lado estaba Graciela, pero me encontré con Fermín Almeida.

Mi vecino estaba parado en el umbral, con el pelo apelmazado como siempre. Había venido sin ninguna protección en los ojos, ni la boca, ni la nariz. El polvo que le cubría el rostro se le llenó de grietas al ofrecerme una sonrisa incómoda.

—Fermín, no es un buen momento.

—Ya lo sé —me dijo, sosteniendo su mirada vidriosa—. Me vinieron a ver otra vez los tipos del whisky.

Bueno, en realidad vino uno solo: el gangoso de la cicatriz en el labio.

—¿Cuándo?

—Ahora. Hace cinco minutos.

—¿Qué quería?

—Que te entregue esto.

Sacó del bolsillo una cajita de cartón del tamaño de un paquete de medicamentos, forrada con un papel blanco mecanografiado que reconocí al instante: era la carta que les había entregado con el millón de dólares.

—¿Qué más te dijo, Fermín?

—Nada más. Me dio esto y me dijo que esperara cinco minutos desde que él se fuera para venir a entregártelo.

Le arrebaté el paquete y le cerré la puerta en la nariz.

Con manos temblorosas, abrí la caja y retiré un algodón en la parte superior. Lo que quedó al descubierto me causó arcadas.

Un dedo de pie humano.

El extremo por el que lo habían cortado era un amasijo deforme de hilachas de carne pegadas a fibras de algodón teñidas de rojo. Reconocí la uña pequeña, todavía con restos de esmalte rojo.

Intenté respirar hondo. Una vez. Dos veces. Pero la tercera me fue imposible. Le pegué una patada al borde de la mesa, tumbándola. Aferrando la cajita en una mano, levanté con la otra una de las sillas de madera y la estrellé contra el suelo. Se rompió en varios pedazos, lanzando astillas por todo el comedor.

Entonces sí, la rabia le cedió el lugar al pánico. Retrocedí unos pasos hasta apoyarme en la pared, me deslicé hacia abajo y empecé a llorar como un nene, sentado en las baldosas frías.

Soy incapaz de precisar si pasé ahí pocos segundos o varios minutos. Lo cierto es que cuando logré salir de aquel trance horroroso, tuve claro que debía tomar una decisión. Odié a los hijos de puta que le habían hecho eso a Graciela, pero me odié mucho más a mí mismo. Era mi honestidad, mi puta honestidad, la que me había puesto en aquella situación. Si no hubiera tocado ese dinero, Graciela estaría conmigo en casa. Y si no lo hubiera devuelto, habría podido pagar el rescate. Pero no, el boludo de Raúl una vez más había jugado al ciudadano ejemplar.

¿Qué podía hacer? La única alternativa que se me ocurría era ir a la policía, pero corría el riesgo de poner aún más en peligro a Graciela. Aunque, ¿se la podía poner más en peligro, cuando ya la habían mutilado?

Entonces, sonó el teléfono.

—¿Sí? —atendí.

—Ibáñez. Cómo te gusta jugar con fuego a vos… —dijo Jacinto Contreras.

—¿Qué le hicieron, hijos de puta?

—¿Nosotros? Nada. Fuiste vos. Nos entregaste una parte del dinero y nosotros te entregamos una parte de Graciela. Un trato es un trato.

Quise rugir, pero solo logré conjurar un gruñido que, muy a mi pesar, se asemejó demasiado a un sollozo.

—¿Por qué nos hacen esto? De lo único que soy culpable es de haber hecho las cosas bien.

—Bueno, eso depende de a quién le preguntes. Para nosotros hiciste todo para el culo.

—Yo no me quedé con un puto dólar. Lo entregué todo a la policía, y después el comisario se quedó con la mitad. Les acabo de recuperar un millón y ustedes me pagan mutilando a mi mujer, hijos de puta.

Del insulto solo me salieron las vocales. Las lágrimas me corrían por los ojos una detrás de otra y un moco líquido y transparente me brotaba de la nariz.

—Pero te quedaste con un poquito, ¿no?

No supe qué decir.

—Nos mentiste, Ibáñez. Nos mentiste —respondió el hombre con una voz serena—. Nos dijiste por teléfono que tenías lo nuestro y te creímos. ¿Y cómo nos pagás? Entregándonos medio millón menos y una cartita.

Estaba desesperado por decir algo que me ayudara a salir de aquella situación, pero sabía que era imposible.

—Ya tenemos los cien mil que escondiste en tu taller. ¿Dónde están los otros cuatrocientos?

—Sé que no me van a creer, pero en el sótano solo encontré el millón que le entregué a ustedes y los cien mil que escondí. Les juro que mi idea era darles esos cien mil también. En la carta les puse que, pidiendo prestado y vendiendo la casa, podía llegar a esa cantidad. Pero, piensen, ¿quién va a comprar una casa en este momento? ¿Me entienden? Lo hice para mostrarles mi buena fe, para convencerlos de que estaba dispuesto a darles absolutamente todo lo que tenía, pero me salió mal.

—Tenés razón en dos cosas, Raúl. En que te salió mal y en que no te vamos a creer.

—De verdad —insistí—. No tengo ni idea de quién puede tener el resto de la plata. La mujer del comisario se fue del pueblo, capaz que se la llevó ella.

—O a lo mejor la tenés vos y te estás haciendo el vivo.

—No.

—Yo personalmente no cambiaría a Graciela por dinero —dijo con tono meloso—. Es una chica divina.

Sentí un fuego que me quemaba el estómago.

—¡No tengo el resto de los dólares! —grité, desesperado—. ¿En qué idioma hay que hablarte a vos, pedazo de hijo de mil putas? ¡Quiero que me entreguen a mi mujer!

—Decime una cosa, Ibáñez. ¿Cuánto tiempo llevás con Graciela? —preguntó el secuestrador sin perder la calma.

—Un año.

—Un año de novios. Pero viviendo, bastante menos, ¿no? Siete meses, tengo entendido.

Supuse que ese dato también era cortesía de Fermín Almeida.

—¿Adónde querés llegar?

—A que a lo mejor todavía no estás lo suficientemente enamorado de ella. Nadie cambiaría al amor de su vida por ninguna suma de guita. Pero ustedes llevan poco tiempo juntos. A lo mejor lo que querés es que la matemos, nos vayamos y te dejemos disfrutar tranquilo de las cuatrocientas lucas verdes.

—No —dije.

—Por supuesto que no. Porque, si se nos acaba Graciela, vamos a seguir con quien sea, Ibáñez. Salta queda un poco lejos, pero en avión se llega rápido.

Pensé en mi hermano, trabajando allá. Pensé en las palabras que acababa de elegir Jacinto Contreras para hablar de mi mujer. «Si se nos acaba Graciela» había dicho, como si se estuviera refiriendo a un pedazo de pan.

Entonces me di cuenta de que solo había una manera de salir de aquella pesadilla.

—Está bien —dije, largando un soplido—. Es verdad. Tengo los cuatrocientos mil que faltan.

—Te vas a arrepentir de esto, Ibáñez.

—No, no. ¿Ustedes quieren toda la plata? Yo la tengo y se la puedo dar hoy mismo, pero a Graciela no le tocan un pelo más. Cuando vuelva a bajar la marea, dejo lo que falta en la Cueva de los Leones. Dentro de unas ocho horas calculo que ya voy a poder volver a entrar.

—Te la hago simple. Si dentro de ocho horas la guita está ahí, te entregamos a Graciela como está. No te digo sana y salva por motivos obvios. Pero como falte un solo dólar, la recibís en un ataúd con una bonita corona de flores. Y después nos tomamos un vuelo a Salta.

Mientras metía las balas en el cargador de la Colt del comisario, pensé en mis posibilidades. Una era usar las siguientes ocho horas para encontrar el resto de los dólares. Pero si la mujer de Rivera se había llevado el medio millón a Comodoro, recuperarlo a tiempo me sería imposible. Con las condiciones en las que se encontraban las rutas, tan solo llegar a esa ciudad me llevaría al menos seis horas. Eso, si el Nueve aguantaba.

No. No tenía sentido seguir intentando recuperar el dinero para pagar el rescate. Ya había jugado a ese juego, y había perdido. A partir de ahora, algo tenía que cambiar.

Para cuando metí el cargador con las siete balas en la pistola, me había convencido de que, si quería ganar, iba a tener que jugar con mis propias reglas.

La arenga interna me hizo caminar hacia la puerta con los músculos de la espalda tensos como cables de acero. Pero apenas volví a posar los ojos en la cajita con el dedo de mi mujer, aparecieron las dudas. Me pregunté si Graciela estaría bien en ese momento. Si le dolería mucho la herida. Si la habrían desinfectado. Y, sobre todo, si lo que yo estaba por hacer tenía alguna posibilidad de salir bien.

Entonces apreté los dientes y cerré con fuerza los dedos alrededor de la culata de la pistola. Antes de que la parte sensata de mi cabeza lograra hacerme arrepentir, salí de casa y me subí al Nueve.

Capítulo 27

Miércoles, 14 de agosto de 1991, 7:39 p. m.

Estacioné detrás de una construcción abandonada y recorrí a pie los últimos cien metros hasta llegar al galpón del ferrocarril.

Me aposté detrás del portón enorme desde el que había mirado al interior hacía cuatro horas. Ahora el reflector de la pesquera más cercana estaba apagado y por las rendijas no se filtraba ni la menor claridad. La única fuente de luz en el interior era el fuego que ardía cerca de una de las paredes largas de la construcción, a cincuenta metros del agujero por el que yo observaba.

Rodeé el galpón con sigilo, dejando atrás el portón lateral por el que había entrado la camioneta y continué junto a la pared larga hasta llegar a otro idéntico. Ahí también encontré una separación que me permitía mirar hacia adentro. El viejo taller de trenes era como un colador.

Desde mi nueva posición los tenía mucho más cerca. A veinte metros de mí, Graciela continuaba atada a la estantería de hierro. Ya no tenía los ojos vendados ni la máscara para respirar, sino una simple mordaza oscura que le cruzaba las mejillas. Un gran apósito de gasa le cubría medio pie derecho.

Frente a ella, del otro lado del fuego, Jacinto Contreras abría nueces con la punta de un cuchillo. Junto a él, su hermano Federico dormía acurrucado debajo de una manta que subía y bajaba con cada respiración.

Me llamó la atención que el suelo alrededor del fuego estuviera limpio, sin la capa de ceniza que cubría el resto del lugar. Tardé poco en encontrar la explicación: había una escoba apoyada en la misma estantería a la que estaba atada Graciela. El montículo de ceniza bajo las cerdas de paja era tan grande que no habría cabido en una bolsa de supermercado.

Pasé media hora apoyado en esa pared, pensando en cómo sacar a mi mujer de ahí sin que antes la degollaran con el cuchillo que abría las nueces. Una voz en mi cabeza me repetía constantemente que habría sido mejor esperar las ocho horas convenidas. Entonces uno de los dos secuestradores abandonaría el galpón para ir a la Cueva de los Leones a buscar el dinero, haciendo que fuera más fácil liberar a Graciela.

Sin embargo, aquello también hubiera sido muy arriesgado. Quizá decidían llevarse a mi mujer en la camioneta y, al descubrir que no había dinero en la cueva, matarla en el acto. O a lo mejor resolvían irse del galpón unas horas antes, haciendo que yo perdiese mi única oportunidad.

Por fin, observé algo de movimiento. Después de removerse debajo de la manta, Federico Contreras se incorporó hasta estar sentado y estiró sus brazos macizos. Miró a Graciela y, sonriendo, le dijo unas palabras que no llegué a oír. Mi mujer le mantuvo la mirada, pero los labios alrededor de la mordaza permanecieron quietos.

Sin dejar de sonreír, el tipo se puso de pie y rodeó la estantería a la que estaba atada. Al pasar junto a ella, le deslizó una mano por el hombro. Graciela ni siquiera amagó a esquivarla. Supuse que ya lo habría intentado sin éxito antes.

Como la estantería era perpendicular a la pared frente a mí, desde donde yo estaba podía ver ambos lados de la estructura. Federico Contreras la rodeó y caminó casi hasta el final del galpón. Se detuvo frente a una puerta que, a pesar de tener un tamaño estándar, se veía diminuta en la pared enorme en la que estaba empotrada.

Retiró con esfuerzo el durmiente de madera que la aseguraba y, al abrirla, su figura musculosa quedó recortada en un rectángulo apenas más claro que la oscuridad absoluta. Cruzó el umbral con dos pasos, se bajó la bragueta y comenzó a orinar ahí mismo.

Saqué la pistola del bolsillo y tiré de la corredera hacia atrás para que la primera bala del cargador pasara a la recámara. No iba a tener una oportunidad mejor que esta.

Corrí a lo largo de la pared intentando apoyar solo las puntas de los pies para silenciar mis pasos. Tras rodear una esquina del galpón, me detuve junto a otro de los grandes portones por los que entraban las vías. Ahora lo único que me separaba del secuestrador era una nueva esquina de la construcción rectangular. Yo estaba apoyado en una de las paredes cortas y él había salido por una de las largas.

Me asomé apenas y vi a pocos metros la espalda de Federico Contreras. Ningún hombre tardaba demasiado en aprender que, en la Patagonia, la única forma de hacer pis a la intemperie es a favor del viento. Tenía las piernas un poco abiertas y las manos todavía en la bragueta. Gran parte del chorro que caía entre sus pies se esparcía en diminutas gotas antes de tocar el suelo.

Avancé hacia él apuntándole directamente a la espalda. Acercarme desde atrás tenía la ventaja de que él no podía verme, pero también significaba que el aire le llevaría hasta el más mínimo sonido. Por suerte, la capa de ceniza sobre el suelo amortiguaba mis pisadas.

Cuando estuve a menos de un paso, el chorro se transformó en un goteo y sus hombros se movieron de arriba abajo. Antes de que se pudiera girar para volver a entrar al galpón, le pegué un culatazo en la cabeza con todas mis fuerzas. Cayó de rodillas al suelo y se desplomó hacia un costado sin enterarse de quién lo había atacado.

Dentro del galpón, las máquinas y muebles apilados desde hacía quince años desprendían un olor a viejo y a humedad que dejaba en segundo plano el azufre de la ceniza y el humo de la fogata. Caminé con sigilo hacia la enorme estantería. La mayor parte estaba ocupada por cajas de madera tan perfectamente alineadas que apenas dejaban que el resplandor del fuego se colara entre ellas. También había un estante lleno de libros tan grandes como tomos de enciclopedia.

Oteé por una de las pocas separaciones entre las cajas de madera y logré ver el fuego. Frente a mí, Jacinto Contreras seguía con la mirada gacha, concentrado en las nueces que pelaba. Apoyaba la espalda contra una ordenada pila de antiguos escritorios y sillas de madera. Estaba tan cerca de él que hasta pude distinguir que el cuchillo que empuñaba era el que yo me había llevado del sótano del comisario.

Bordeé la estantería con cuidado de no hacer ruido. Desde mi posición no lograba ver a Graciela, pero sabía que no me separaban de ella más que unos pocos metros. Cuando llegué al final del mueble, empuñé la Colt con ambas manos, cerré los ojos y respiré hondo tres veces.

Antes de sucumbir a la voz en mi cabeza que me decía que todo aquello era una locura, levanté el arma y di un paso hacia adelante, entrando en el campo de visión de Jacinto Contreras. Nos separaban apenas cuatro o cinco metros.

—Quedate ahí, quieto —amenacé apuntándole al pecho.

El hombre levantó la mirada. Primero sus ojos se posaron en el cañón de la pistola, después en mí.

—Ibáñez —dijo. En persona, su voz no sonaba tan gangosa como por teléfono—. No seas boludo, te vas a arrepentir de esto el resto de tu vida.

Se apoyó la mano que no sostenía el cuchillo sobre la rodilla y se puso de pie.

—No te muevas.

Dio un paso hacia mí y sonrió.

—Ibáñez, tan pelotudo no vas a ser. ¿Te pensás que esto es algo de nosotros dos nada más? —dijo, haciendo un gesto hacia la puerta por la que se había ido su hermano—. Si nos pasa algo, estás en el horno. Y ella, también.

Señaló a Graciela con la punta del cuchillo y yo me permití mirarla un segundo. Tenía los ojos desbordados de lágrimas y una mueca de terror bajo la mordaza.

Podría decir que vi un movimiento amenazante en el brillo de la hoja, o que intuí que el próximo paso de Contreras sería abalanzarse sobre mi mujer, o sobre mí. Pero lo cierto es que lo que me llevó a disparar fue algo mucho más visceral y a la vez calculado. Apreté el gatillo empujado por el odio que había desarrollado por ese hijo de puta en las últimas treinta y seis horas.

Digo que fue calculado porque, antes de tirarle, bajé la pistola para no matarlo. Quería hacerles pagar ojo por ojo. Quería que sufrieran tanto como había sufrido Graciela. Y preferí que la bala le destrozara una pierna a que le perforara el pulmón.

El estruendo retumbó en las paredes de chapa y Jacinto Contreras cayó de costado, intentando sin éxito agarrarse a la pila de escritorios. El cuchillo tintineó en el cemento hasta detenerse a pocos centímetros de su pierna rota.

Mientras se miraba el muslo y apretaba los dientes reprimiendo un grito, su mano se movió hacia el cinturón, del que asomaba una pistola.

Mi patada alcanzó la muñeca de Contreras justo a tiempo y el arma fue a parar a tres metros de nosotros, muy cerca del fuego.

Con un movimiento rápido, apreté con todas mis fuerzas el caño de la Colt contra su sien, estiré una mano hasta alcanzar el cuchillo y lo tiré fuera de su alcance. Entonces sí, me alejé de a poco sin dejar de apuntarle.

Me apresuré a cortar las ligaduras que ataban a Graciela a la estructura metálica y también las que le unían los tobillos. Cuando estuvo libre, se quitó la mordaza y me abrazó con una fuerza de la que yo no la sabía capaz. Luego se separó un poco de mí para verme la cara, y nuevas lágrimas le fueron dejando surcos rosados en la piel gris.

—¿Qué vamos a hacer? —me preguntó, alternando la mirada entre el tipo que se agarraba la pierna junto a nosotros y el extremo de la estantería por donde se había ido el otro.

—Átalo —le dije, levantando del suelo la pistola que le había quitado a Contreras. Limpié un poco la ceniza que se había quedado pegada al metal y se la di a Graciela—. Yo me encargo del hermano.

Mi mujer asintió y se dirigió hacia una bolsa que había sobre uno de los estantes. Estaba llena de bridas de plástico idénticas a las que hasta hacía unos segundos la habían sujetado a ella. Yo enfilé hacia el final de la estantería y, rodeándola con la pistola en alto, corrí en dirección a la puerta aún abierta en el fondo del galpón.

Cuando me asomé a la noche ventosa, no encontré el enorme cuerpo de Federico Contreras tendido en el suelo. Solo vi el círculo irregular de su orina dibujado en la ceniza. Un nudo de miedo y nervios me apretó el estómago. Di media vuelta para volver con Graciela, pero antes de que pudiera dar el primer paso, un golpe encima de la oreja me hizo estallar la cara de dolor y me desplomé en el suelo.

Al abrir los ojos, no supe si había estado desmayado un segundo o una hora. Me incorporé soltando un gruñido, enfocándome en el suelo a mi alrededor, pero fui incapaz de encontrar la Colt que empuñaba justo antes de que me golpearan. Con cada latido del corazón, un dolor punzante me taladraba la cabeza y una presión detrás de los ojos parecía querer sacarlos de sus órbitas.

Caminé apoyándome en la pared para no perder el equilibrio. Del otro lado de la estantería se oían voces. Al asomarme, me di cuenta de que solo había estado inconsciente unos segundos, porque encontré a Federico Contreras en cuclillas, acariciándole la cabeza a su hermano herido.

Tras prometerle a Jacinto que todo iba a estar bien, se incorporó y clavó los ojos en Graciela, a quien yo no podía ver desde mi posición. Avanzó hacia ella sujetando una barra de hierro. Entonces entendí por qué me dolía tanto el chichón.

—Rómpele la cabeza —gruñó desde el suelo Jacinto sin levantar la mirada de su pierna destrozada.

Yo estaba convencido de que en cualquier momento retumbarían en el galpón los disparos del arma que le había dado a Graciela. Con cada paso que Federico daba hacia ella, me repetía a mí mismo que ese era el momento en el que la primera bala se le enterraba en el pecho y el tipo caía de rodillas echando sangre por la boca.

Pero los estruendos nunca llegaron. El único sonido que se escuchó, además del viento, fue el rasguño monótono de la barra de hierro contra el cemento.

A riesgo de que los Contreras advirtieran mi presencia, me asomé un poco más. Se me encogió el corazón al ver que mi mujer forcejeaba con la corredera sin lograr hacerla volver a su sitio para que la bala se metiera en la recámara. Supuse que, cuando se la quité a Jacinto Contreras de una patada y cayó al suelo, la ceniza habría obstruido alguna parte del mecanismo.

Como si no hubiera sido suficientemente desesperante que Federico Contreras avanzara hacia mi mujer sosteniendo una barra de metal macizo, cuando se giró para hablarle a su hermano, descubrí que en la otra mano empuñaba mi Colt.

—Quedate tranquilo Jacin, que estos dos de acá no salen —dijo deteniéndose frente a Graciela—. Pero primero van a pagar por lo que te hicieron.

De un movimiento rápido, Federico Contreras golpeó las manos de Graciela con la barra, arrancándole la pistola inútil. Luego levantó el hierro por encima de sus hombros y lo bajó con fuerza directo a la cabeza de mi mujer.

Graciela logró, de milagro, interponer el antebrazo entre el metal y su cráneo. El crujido de los huesos al quebrarse y el gruñido de dolor llegaron con nitidez a mis oídos. Cayó contra la escoba apoyada en la estantería, partiendo el palo como si fuera un fósforo.

Federico Contreras se puso en cuclillas frente a ella y, apuntándole con la Colt, sonrió debajo del bigote tupido. Se apoyó la barra de hierro sobre los muslos para liberar una mano y apretó con sus dedos gruesos el antebrazo de Graciela.

—¿Te duele? —le preguntó.

Graciela soltó un alarido.

—Algo así debe sentir mi hermano —dijo, señalando a Jacinto, que miraba tirado en el suelo del otro lado del fuego.

—¡Pegale un tiro en la cabeza y vámonos con la guita, Fede! —gritó el otro.

Federico Contreras asintió enérgicamente, como si su hermano acabara de tener una idea brillante. Tensó el brazo musculoso, apuntando el cañón de la Colt directamente a la frente de Graciela y supe que, si no hacía algo inmediatamente, mi mujer moriría.

Empujé con todas mis fuerzas una de las cajas de madera que había sobre los estantes. El estruendo que hizo al estrellarse contra el suelo obligó a Federico Contreras a dejar de mirar a Graciela por un instante. Levantó la cabeza como un perro sabueso y apoyó las yemas de los dedos entre sus pies, dispuesto a incorporarse. Pero antes de que pudiera hacerlo, mi mujer estiró una mano hacia donde había estado la escoba y luego la llevó con todas sus fuerzas a la cara de su captor.

Una nube de ceniza estalló en el rostro de Contreras. El secuestrador se puso de pie de un salto, refregándose los ojos y gritando de dolor mientras él mismo se rayaba más y más las córneas.

Cegado, levantó el arma hacia Graciela y apretó el gatillo tres veces.

Graciela tuvo tiempo de echarse al suelo antes de que Contreras disparara en su dirección. Si el tipo hubiera podido ver adónde tiraba, mi mujer no habría tenido ni la más mínima posibilidad de sobrevivir. Pero Graciela le había metido una buena cantidad de ceniza en los ojos. Y la ceniza, supimos mucho tiempo después, era mayormente dióxido de silicio. Es decir, vidrio molido.

A pesar del brazo roto y el dedo amputado, Graciela se puso de pie apenas Federico Contreras dejó de disparar y se abalanzó sobre él para agarrarle con la mano que le quedaba sana el brazo que sostenía la Colt. En cuanto tuvo sujeto el antebrazo, lo mordió con tanta fuerza que un hilo de sangre rodó por su barbilla y cayó al suelo con un goteo rápido.

El secuestrador gruñó de dolor y soltó el arma con un movimiento involuntario. Graciela se agachó a recogerla, pero apenas la tuvo en sus manos, Contreras se le tiró encima con su enorme cuerpo y ambos cayeron muy cerca del fuego. Corrí hacia ellos mientras forcejeaban, pero la detonación de un disparo me forzó a pararme a mitad de camino.

Federico Contreras rodó sobre sí, agarrándose el hombro derecho con la mano contraria. Mi mujer se liberó de él y se alejó rengueando por la herida en el pie sin dejar de apuntarle.

Hizo un esfuerzo para agacharse a recoger el hierro que le había roto el antebrazo, pero desistió con una mueca de dolor.

Levanté la barra por ella y enfilé hacia el mastodonte de Federico Contreras. Al ver que me acercaba, se incorporó como pudo e intentó alejarse de mí. Descargué con todas mis fuerzas el hierro sobre una de sus piernas. El metal alcanzó la cara externa de la rodilla, y la articulación se dobló hacia adentro en un ángulo únicamente posible cuando no quedaba un solo ligamento sano. Cayó al suelo gritando de dolor.

Ya seguro de que ese hijo de puta no iría a ninguna parte, me volví hacia mi mujer.

—¿Estás bien? —le pregunté, abrazándola.

Pero ella no me correspondió el abrazo, sino que me alejó suavemente empujándome con la mano que tenía la pistola. Antes de mirarme, escupió al suelo una saliva roja.

Fue la primera vez en mi vida que tuve miedo de un ser querido. Tenía los dientes y los labios teñidos de rojo por la sangre de Contreras, y en sus ojos, irritados por la ceniza, había un odio que parecía que no se calmaría nunca.

—Atalos —me ordenó, señalando con la pistola la estantería de hierro a la que ella misma había estado sujeta hacía unos minutos.

—Graciela, vámonos. Vámonos ya.

—Atalos —repitió, esta vez apuntando la pistola a mi pecho. El otro brazo, el que había parado el hierro, le colgaba inerte a un lado del cuerpo.

—Mi amor, ¿qué estás haciendo? Tenemos que irnos para que te vea un médico.

—Por favor —me dijo, y entonces en el odio de sus pupilas vi también tristeza, cansancio y desesperación.

Asentí y me acerqué a los hermanos Contreras. Ambos se retorcieron en el suelo, pero ninguno fue capaz de alejarse ni siquiera un metro de donde habían caído.

Con un rollo de cinta adhesiva sujeté a Federico a la estantería. Iba a atar al otro a uno de los robustos escritorios de madera contra los que se apoyaba, pero no estuve seguro de que fuera lo suficientemente pesado. Preferí asegurarme y, tirando de la brida con la que Graciela le había unido las muñecas, lo obligué a desplazarse unos metros hasta un eje oxidado de vagón. Le fijé los brazos al metal macizo con mil vueltas de cinta.

—En la camioneta hay varios bidones. Traé uno —me indicó Graciela.

Consciente de que no tenía sentido contradecirla, corrí hasta el vehículo. En la parte de atrás encontré tres bidones de plástico de quince litros, todos llenos. No hizo falta que los abriera para saber qué contenían. La mayoría de los porteños que viajaban a la Patagonia llevaban combustible extra como para cruzar media Antártida.

Cuando volví con uno de ellos, Graciela me indicó que lo apoyara en el suelo, a medio metro de Jacinto Contreras.

Tras meterse la pistola en la cintura del pantalón, mi mujer desenroscó la tapa con una sola mano e inclinó el bidón hasta que un chorro rojo cayó sobre la pierna del secuestrador destrozada por el balazo.

—Pará, ¿qué hacés? ¿Estás loca? —gritó Jacinto Contreras mientras se retorcía del dolor.

Haciendo oídos sordos, Graciela arrastró como pudo el bidón hacia Federico y vertió un buen chorro de combustible también sobre él. El hombre sacudió el cuerpo enorme con todas sus fuerzas, pero la gruesa estantería de hierro a la que estaba sujeto apenas rechinó.

—Te vas a arrepentir, puta —le dijo.

—Graciela, vámonos. Esto es una locura —grité yo.

Ignorando tanto a los Contreras como a mí, levantó un poco más el bidón con el brazo bueno y echó un chorro directamente sobre el pelo de Federico Contreras. A pesar de que el musculoso apretó los párpados y movió la cabeza de un lado al otro para sacudirse el líquido, su quejido gutural dejaba claro que el combustible le estaba entrando en los ya dañados ojos.

Graciela continuó rociando las cajas de madera y los libros de la estantería. Cuando al bidón ya no le quedaba más de un cuarto, volvió a acercarse a Jacinto, asegurándose de dejar un reguero continuo de combustible en el suelo. Roció también las pilas de escritorios y sillas que lo rodeaban.

—En serio —dijo el mayor de los Contreras—. Dejanos ir y te perdonamos la deuda.

Graciela detuvo su tarea, dejó el bidón en el suelo y se agachó junto al tipo reprimiendo una mueca de dolor. Lo agarró de la cara con la única mano que le respondía, clavándole las uñas en las mejillas.

—Nunca hubo ninguna deuda, hijo de mil putas.

La boca de Contreras dibujó una sonrisa entre los dedos de mi mujer.

—Qué fácil es hacerse la valiente ahora, Gracielita. Pero esperá a que mi gente se entere de esto. Lo que te hicimos nosotros te va a parecer un mimo comparado con lo que te espera.

Al terminar de hablar, Contreras sacó la lengua y chupó la palma de mi mujer con un gesto lascivo. En un acto reflejo, Graciela retiró la mano y se la llevó al pantalón para limpiársela, pero se detuvo a mitad de camino. Luego se incorporó lentamente y levantó el bidón.

—¿Algo más? —le preguntó, mientras le vertía un fino chorro sobre la cabeza.

—Pará, pará —gritó—. Te lo juro que si nos dejan ir no los vamos a volver a molestar. Nos olvidamos de ustedes.

—En eso estás equivocado. Nunca te vas a olvidar de nosotros. Y de que no nos vuelvas a molestar, no te preocupes, yo me encargo.

Cuando ya no salió una gota más del bidón, Graciela sacó uno de los grandes tomos de la estantería y lo abrió en el suelo. Las páginas contenían filas y filas escritas pulcramente a mano. Supuse que serían los registros de todos los trabajos de mantenimiento que se habían hecho a los trenes en aquel lugar.

Arrancó una de las hojas, la retorció para formar una especie de bastón y encendió una punta en las ascuas. Sin detenerse un segundo, tiró el papel prendido sobre la mancha oscura de carburante a los pies de Jacinto Contreras. Una llama azul se extendió de a poco, casi en cámara lenta, por los pantalones del secuestrador y por el camino de líquido que lo unía a su hermano.

Los alaridos de los Contreras empezaron a retumbar en las paredes del viejo taller de trenes. Y a pesar de que nunca había odiado tanto a nadie como a ellos, verlos quemarse vivos me revolvió el estómago y la conciencia.

Dándoles la espalda, Graciela me hizo un gesto para que la siguiera y caminó con dificultad hacia el extremo del galpón donde estaba la camioneta. Señaló un viejo armario, que me apresuré a abrir sin dejar de mirar de reojo cómo las llamas iban de a poco devorándolo todo. Dentro encontré la mochila que había dejado en la Cueva de los Leones y el bolso con los billetes viejos que había escondido en la caja de herramientas de mi abuelo. Cuando me los colgué de los hombros, Graciela suspiró, cansada.

—Ahora sí, vámonos —me dijo.

Capítulo 28

Jueves, 6 de diciembre de 2018, 7:58 p. m.

Termina la página y se da cuenta de que tiene la espalda completamente encorvada sobre la máquina de escribir. Se arquea en sentido contrario, sacando pecho, y se llena los pulmones de aire. Se levanta de la silla, estira un poco los brazos y camina hacia su valija. Mete la mano entre la ropa y tantea hasta que sus dedos dan con el tacto de la madera barnizada.

La caja de habanos es de las grandes, de las que alguna vez contuvieron cincuenta Montecristos Edmundo. Sin embargo, dentro no hay cigarros —hace décadas que alguien se fumó el último—, sino una pistola, balas y dos cajas de Valium de diez miligramos.

De su vida anterior, cuando no era millonario y trabajaba de enfermero, le quedan muchos conocimientos. Por ejemplo, sabe perfectamente que una sobredosis de estas benzodiacepinas asegura una depresión respiratoria que causa la muerte por falta de oxígeno en la sangre. También sabe que los cuarenta comprimidos que contienen las dos cajas son más que suficientes para matar a una mujer de setenta y pocos kilos.

Deja las pastillas sobre la mesa y levanta el arma. Está fría. Primero la sopesa sobre la palma abierta, luego la empuña. Presiona el seguro junto a la culata y el cargador le cae en la mano izquierda.

Con cada movimiento de sus dedos, se pregunta si estará haciendo lo correcto. Y cada vez, la respuesta tiene cuatro letras: Dani.

Se obliga a recordar que la segunda vez que su hijo se fue a estudiar, después de abandonar la facultad durante un año para cuidar de su madre, no duró ni un cuatrimestre. En mayo de 2012 Graciela terminó internada en el hospital después de tomarse dos cajas de antibióticos con media botella de vodka. ¡Antibióticos! ¿Quién se intenta matar con antibióticos? Desde luego, no una persona que tiene el botiquín del baño lleno de antidepresivos. Si realmente se quería suicidar, ¿por qué no se tomó dos cajas de Tofranil en vez de hacer la payasada esa de la estreptomicina?

Cuando le dieron el alta clínica, la internaron en un psiquiátrico en Buenos Aires durante tres meses. El pobre de Dani la acompañó durante todo ese tiempo hasta que la estabilizaron lo suficiente y se volvieron juntos a Deseado.

Desde entonces, su hijo trabaja de asistente del veterinario, viendo cada día cómo podría haber sido su vida. En 2015, cuando una universidad de educación a distancia abrió una sede en Deseado, Dani se anotó en la licenciatura en Biología. Era lo más parecido que ofrecían a Veterinaria.

Los recuerdos de Raúl viajan al principio de todo, cuando cayó la ceniza y a ella la tuvieron más de cuarenta horas secuestrada. Según los cálculos del ginecólogo, la concepción de Dani fue durante esa semana.

Al principio, la duda lo carcomió por dentro, pero con el tiempo se animó a sondear en busca de respuestas. Además de mutilarla, ¿qué otra cosa le habían hecho los hijos de puta durante esos dos días? ¿De quién era el hijo que esperaba?

Sondeó, sí, pero todas sus preguntas fueron recibidas por Graciela con el mismo ostracismo que aquellas sobre su pasado en Mendoza. De igual manera que no le había hablado jamás sobre su vida antes de Puerto Deseado, ahora parecía decidida a no contarle más que banalidades sobre su cautiverio.

Los meses que siguieron al secuestro fueron raros. La relación entre ellos se volvió tensa por momentos y dulce por otros. Había tardes en las que ella se acostaba en la cama y le pedía a él que apoyara la cabeza sobre el vientre. Entonces hablaban de posibles nombres y soñaban con el hijo que vendría. Otras veces, incluso en el mismo día, ella perdía el norte por cualquier motivo absurdo y le terminaba revoleando platos.

Durante dieciocho años, la cosa fue a peor. Incluso hubo ocasiones en las que estuvo convencido de que ella lo hacía a propósito y de que la maldad que llevaba dentro no tenía nada que ver con el infierno que le había tocado vivir durante los días del secuestro. Pero, en el fondo, sabía que tantos psicólogos, psiquiatras y especialistas no podían estar equivocados. ¿Quién era él para contradecirlos? Un enfermero. Un soldador. Un empresario experto en lavado de dinero.

Observa las vetas marrones y rugosas en las cachas de asta de ciervo de la culata. Calcula el tiempo que hace que no carga esa Colt que alguna vez perteneció a un comisario. Veintisiete años y cuatro meses. Es un cálculo fácil, porque solo la usó el día que se la llevó de la casa de Manuel Rivera. Una casa en la que, según le contaron, todavía vive ese hijo de puta.

Abre la caja de las balas. Los círculos de bronce con el fulminante en el centro se le antojan ojos dorados. A la vista parecen todos idénticos, pero un cuarto de siglo es mucho tiempo y uno de cada diez de esos fulminantes ya no funciona. Lo sabe porque hace poco le regaló la otra caja que se llevó del sótano a una amiga de Bariloche aficionada al tiro deportivo. De las cincuenta balas, cinco no detonaron.

Mete, una a una, las siete que caben en el cargador. Cuando está lleno, vuelve a ensamblar la pistola y tira de la corredera hacia atrás. El arma queda cargada con un chasquido metálico.

La última vez que disparó esa Colt fue para salvar a Graciela. Es irónico que veintisiete años después la vaya a usar para matarla.

Capítulo 29

Jueves, 15 de agosto de 1991, 8:16 a. m.

Lo cierto es que en estos días nuestro pueblo no para de ser escenario de tragedias. Además de la ceniza del volcán Hudson, que nos tiene a todos en estado de emergencia, anoche se produjo un espectacular incendio en uno de los galpones abandonados del ferrocarril.

Ahora que los bomberos finalmente lograron apagar el fuego e ingresar al lugar, tenemos la triste noticia de que se han encontrado en el interior dos cuerpos totalmente calcinados.

Estamos en comunicación telefónica con el comisario de nuestra localidad, don Manuel Rivera, quien ha tenido la amabilidad de darnos cinco minutos.

—Comisario, buenos días, si es que tienen algo de buenos.

—Hola, Mario. Buenos días a usted y a toda la comunidad.

—Comisario, ¿qué nos puede decir de lo que se encontró dentro del galpón calcinado? En particular, ¿se sabe quiénes son las víctimas?

—Por el momento puedo confirmarle que al menos dos personas perecieron en el siniestro. El grado avanzado en el que los bomberos hallaron el incendio hace que la tarea de reconocimiento de los cadáveres sea realmente difícil. También había un vehículo dentro del galpón. A pesar de haber quedado totalmente destruido, el personal de bomberos fue capaz de registrar el número de matrícula y también los números de serie del chasis y el motor. Con estos datos, intentaremos identificar a los dueños y averiguar la identidad de los dos fallecidos.

—¿Qué tipo de vehículo era, comisario?

—En este momento no le puedo revelar ese detalle.

—¿Y qué hacían dos personas con un vehículo dentro de un galpón abandonado?

—Cualquier cosa que le diga al respecto sería entrar en el terreno de la especulación. No hay mucho más para agregar. Si me disculpa, tengo que volver al trabajo.

—Por supuesto, comisario. Muchísimas gracias por estos minutos.

Apagué la radio, preguntándome si el comisario ya sabría de quién era esa camioneta y si se habría dado cuenta de lo que había pasado en el sótano de su casa.

Daba igual, concluí, porque tarde o temprano se enteraría. Y si había sido capaz de falsificar una declaración para quedarse con dinero que no le pertenecía, seguro que estaría dispuesto a manipular una investigación para ocultar que en el lugar del incendio había aparecido un cuchillo con sus iniciales.

Además, uno de los tipos calcinados tenía un balazo calibre 45 en la pierna. Y aunque él no podía saberlo a ciencia cierta, era posible que le hubieran disparado con la pistola que le habían robado junto con los dólares. Si el arma terminaba apareciendo, la pericia balística concluiría que el disparo había salido de esa Colt 1911, registrada a nombre del comisario Manuel Rivera.

No. No iba a arriesgarse.

—¿Y ahora qué vamos a hacer? —me preguntó Graciela al terminar de ducharse por segunda vez desde que habíamos llegado, hacía apenas unas horas.

Levanté la vista de la mopa húmeda con la que fregaba el suelo intentando recoger algo de la ceniza que había invadido la casa.

Mi mujer tenía el pelo envuelto en una toalla y llevaba dos bolsas de plástico en las extremidades. La más grande le cubría el yeso que yo mismo le había puesto en el antebrazo izquierdo. No era la primera vez que enyesaba una fractura, pero nunca lo había hecho sin la supervisión de un médico, en mi casa y con materiales robados tras una visita al hospital con una excusa ridícula.

Decidimos hacerlo así para que nadie viera a Graciela en esas condiciones. Habría sido demasiado fácil atar cabos, sobre todo durante los primeros días. Por suerte, el caos de la ceniza nos daba la excusa perfecta para quedarnos en casa y que su cuerpo empezara a recuperarse.

La segunda bolsa le protegía el vendaje en el pie. Le sugerí que intentara evitar la ducha durante los primeros días, sobre todo hasta que la herida empezara a cicatrizar, pero supe que era en vano. Con la ceniza y con lo que acababa de pasarle, era imposible que no quisiera bañarse. Entonces le di la idea de las bolsas de plástico.

—Por lo pronto, vamos a comer algo —respondí con una sonrisa, señalando la mesa.

Había puesto dos platitos y dos tazas boca abajo para evitar que se llenaran de ceniza antes de servir el desayuno.

—No, de verdad, Roli. ¿Y si alguien del círculo de esos tipos nos viene a buscar?

Dejé la mopa y me puse frente a ella, agarrándola suavemente por los hombros. Le hablé con una sonrisa, mirando sus ojos asustados con toda la tranquilidad que fui capaz de reunir.

—No nos preocupemos por eso ahora. Las rutas están cortadas desde ayer a las tres de la tarde porque hay tramos donde la visibilidad es totalmente nula.

—O sea, ¿no podemos irnos?

—Ni tampoco puede venir nadie.

—¿Y el comisario? ¿Qué pasa si se entera que fuiste vos el que le robó?

—Rivera no va a sospechar de mí.

Graciela me miró sin entender.

—El cuchillo —expliqué—. Junto a los cuerpos calcinados va a aparecer un cuchillo que el comisario va a reconocer apenas vea, porque tiene grabadas sus iniciales. Yo se lo robé junto con los dólares y los Contreras, a su vez, me lo robaron a mí. Cuando Rivera vea ese cuchillo va a asumir que el robo del sótano es obra de los Contreras.

Graciela asintió durante unos instantes, pero después negó con la cabeza. Se quedó con la mirada perdida en un rincón del comedor.

—¿Qué pasa, mi amor? —le pregunté.

—No sé. Tengo miedo. Incluso si el comisario nunca sospecha nada, está la gente de los Contreras. En cuanto levanten el corte de las rutas, podrían venir a buscarnos.

—Lo dudo —dije, en parte porque lo veía de esa manera y en parte para tranquilizarla.

—¿Qué te hace pensar así?

—Melisa Lupey.

Al mencionar su nombre, me pregunté qué le diría si venía a verme al enterarse de que los que habían muerto en el incendio eran los hermanos Contreras.

—¿Quién es Melisa Lupey?

—Una vieja amiga que es policía. Me confirmó que la banda de los Contreras la formaban solamente los tres hermanos. Una era Eulalia, que vino en persona a buscar el pago de un cargamento de cocaína y murió en el accidente donde encontré los dólares. Y los otros dos, los que te secuestraron. Si hubieran tenido un segundo de mando en el que confiar, no se habrían ensuciado las manos haciendo todo ellos mismos, ¿no te parece?

—Pero en el galpón del ferrocarril Jacinto Contreras habló de lo que nos iba a pasar cuando *su gente* se enterara.

—Estaba a punto de morir quemado vivo. Yo también habría dicho cualquier cosa con tal de salvarme.

—No sé. Tengo miedo, Roli.

—Es normal —dije, acariciándole los hombros—, pero te prometo que se te va a ir yendo de a poco, con el tiempo.

Graciela esbozó una sonrisa agria que me agradecía el intento por tranquilizarla y al mismo tiempo me dejaba claro que no había servido de nada.

En ese momento, alguien golpeó la puerta con mano firme. Le hice señas a mi mujer para que se fuera a la habitación.

—Ya voy. Un segundo —grité en dirección a la puerta.

Estuve a punto de no ver que sobre una silla todavía estaban la tijera y los restos de las vendas que había usado para curar a Graciela. Los escondí en un armario y, entonces sí, abrí la puerta.

Me encontré con Melisa Lupey enfundada en su uniforme cubierto de ceniza, igual que el día anterior. Al parecer, no habían tardado mucho en identificar a los cadáveres.

—Melisa —dije, tratando de parecer sorprendido—. Pasá.

—¿Cómo andás, Raúl?

—Todo lo bien que se puede estar un día así de horrible —respondí, mientras cerraba la puerta.

—¿Sabés por qué estoy acá?

—La verdad es que no tengo ni idea.

—Anoche hubo un incendio en uno de los galpones del ferrocarril.

—Sí, escuché algo en la radio. Rivera dijo que habían muerto calcinadas dos personas.

—Jacinto y Federico Contreras.

Abrí los ojos bien grandes.

—¿Los narcos? ¿Los hermanos de la mujer del accidente?

—Esos.

—Pero el comisario acaba de decir en la radio que todavía no estaban identificados.

—No siempre les revelamos todo lo que sabemos a los periodistas.

Asentí en silencio.

—¿Te volvieron a contactar desde que hablamos ayer a la mañana?

—No.

—¿Estás seguro?

—Sí, claro que estoy seguro. ¿Qué hacían acá?

Melisa miró las dos tazas boca abajo sobre la mesa.

—¿Estás solo?

—No. Mi mujer está durmiendo —respondí, señalando la puerta que conducía a las habitaciones.

—Una posibilidad —dijo, bajando la voz— es que vinieran a buscar la plata que faltaba.

Oculto bajo mi pelo, el chichón encima de la oreja empezó a latir más fuerte.

—No entiendo.

—¿Cuánto le entregaste al comisario?

Tragué saliva sin saber qué contestar. La verdad no siempre era la respuesta correcta. Por suerte, Melisa continuó.

—Vos te encontraste un millón y medio en el accidente y se lo llevaste al comisario, pero a lo mejor había más, ¿entendés? Otra valija que no viste porque salió despedida mientras el auto daba vueltas y terminó en el campo, por ejemplo. O a lo mejor por algún motivo a Eulalia le pagaron menos de lo que estaba pactado pero los hermanos nunca se enteraron porque murió antes de decírselo. Quizás estos tipos estaban en Deseado porque los números no les cerraban. Eso explicaría que te llamaran para preguntarte qué hiciste con el resto de la plata.

—Me estás preocupando.

—No hace falta. Te desestimaron.

—No entiendo.

—Anoche, a la hora del incendio, habían pasado casi dos días de la última vez que te contactaron. Eso significa que ya no les interesabas. Si hubieran sospechado verdaderamente de vos, no te habrían dejado en paz así de fácil.

¿Dejarme en paz? Melisa no podría haber elegido una frase más desafortunada. Tuve ganas de soltar una carcajada histérica.

—¿O sea que me puedo quedar tranquilo?

—Yo creo que sí. Para eso estoy acá. Me pareció que ayer te quedaste preocupado y quería decirte en persona que, además de que no parece que estuvieran interesados en vos, están muertos.

Asentí y nos quedamos en silencio unos instantes.

—Muchas gracias.

—De nada.

—¿Cómo sigue todo esto, Melisa?

—¿A qué te referís?

—A que por más que los Contreras ya no estén, el narcotráfico no desaparece.

Melisa Lupey rio ante una pregunta tan inocente que le causaba ternura. Eso significaba que yo estaba haciendo un buen papel.

—Por supuesto que no. Vendrán otros. Y nosotros seguiremos recopilando información para la Federal.

—Ojalá hubiera una forma de pararlo, ¿no?

—Ojalá, pero eso no depende de…

—… unos policías de pueblo —completé con las mismas palabras que me había dicho ella el día anterior.

Melisa asintió y se encogió de hombros. Su gesto se me antojó genuino. Volví a agradecerle y cruzamos unas pocas palabras más hasta que me dijo que debía volver al trabajo.

Nos despedimos con un abrazo algo incómodo y torpe. Mientras la veía perderse en la nube de ceniza, pensé en la gran amistad que habríamos podido tener si yo no me hubiese portado tan mal con ella muchos años atrás.

—¿Quién era? —me preguntó Graciela. Todavía llevaba la toalla en la cabeza.

—Melisa Lupey.

—¿Tu amiga policía? ¿Qué quería? —preguntó, alarmada.

Le expliqué lo que habíamos hablado, pero no pareció tranquilizarla ni siquiera un poco.

—Ella puede decir lo que quiera, pero yo tengo miedo, Roli —dijo con un temblor en la voz.

La abracé y sentí los espasmos cortos de su llanto.

—Mirá, hagamos una cosa: dejemos pasar unas horas —le propuse—. Esta noche, más tranquilos, lo charlamos. ¿Sí?

Asintió y se secó las lágrimas con una punta de la toalla. Yo me incliné hacia su seno izquierdo y le di un beso justo sobre el corazón.

Capítulo 30

Jueves, 6 de diciembre de 2018, 9:11 p. m.

La pistola sigue sobre la mesa, junto a la máquina de escribir. Él va a la cocina para prepararse un té en el infiernillo. Cuando lo tiene listo, cobija la taza caliente entre las dos manos y deambula por la casa. A pesar de que lleva casi veinticuatro horas ahí adentro, es la primera vez que se permite prestar atención a los detalles que, sabe, le despertarán los recuerdos.

Se mete por el pasillo y empuja la puerta del baño. A diferencia de las veces que entró en las últimas horas, ahora mira más allá del inodoro manchado de sarro. Lo examina todo, menos la cortina de la ducha, que hace un esfuerzo por ignorar.

Recorre con la vista los azulejos celestes de bordes negros. Le resultan anticuados, pero cuando los pegó a esa pared con sus propias manos, hace casi tres décadas, le parecían preciosos. «Hasta las piedras envejecen», piensa.

Repara en la grifería de metal, a la que el tiempo quitó todo su brillo. Y también en el espejo en la puerta del mueblecito encima de la pileta, que ahora tiene unas manchas oscuras que avanzan de las esquinas hacia el centro como una enfermedad.

Lo mira de costado. No se anima a ponerse frente a ese espejo, que usó incontables veces para afeitarse. Sabe que si se asoma hoy, después de tanto tiempo, verá el reflejo de un hombre avejentado por mil derrotas. O, mejor dicho, por una misma derrota que se repitió mil veces.

Da un sorbo al té y piensa en lo que está a punto de hacer. No le preocupa la muerte de Graciela, porque lo ve como una especie de eutanasia. Probablemente si le preguntaran a ella si quiere morir, respondería que no, pero los cuatro intentos de suicidio de los últimos tres años dicen lo contrario.

Llega un momento en el que es imposible seguir ignorando la cortina de la ducha. El hule tiene un estampado de caballos que no conoce, porque nunca fue su cortina sino la de los últimos inquilinos que tuvo la casa, hace diez años. Está tan resquebrajada por el tiempo que, en cuanto toma un borde entre los dedos, el material se desintegra con el tacto como una flor seca.

Recuerda al bebé de esos inquilinos, que murió ahogado en la bañera que hay detrás de la cortina, y de a poco siente que la angustia le atenaza la garganta. Por primera vez en su vida se plantea que quizá Graciela tenía razón cuando se empeñó en que aquella casa solo traía desgracias a quienes la habitaban y se negó a volver a alquilársela a nadie.

Sacude un poco la cabeza, intentando alejar ese pensamiento. No es momento de supersticiones ni de corazones blandos.

Vuelve a concentrarse en su plan. Lo que le preocupa de verdad es si Dani se va a sentir culpable. Si cuando se entere de que su madre se suicidó —porque tiene pensado hacerlo pasar como un suicidio—, se culpará por no haber hecho lo suficiente. Pero en cuanto la duda empieza a ponerlo nervioso, Raúl respira hondo y se repite a sí mismo que ya analizó esto muchas veces. Y cada vez, la conclusión es la misma: quizá inicialmente Dani sienta que si hubiera estado más cerca de su madre, si la hubiera apoyado aún más, no se habría suicidado. Pero sabe que con el tiempo comprenderá que ha sido un hijo ejemplar y que, más de lo que hizo, no podría haber hecho.

Vuelve al pasillo y entra en la habitación de matrimonio. Ya no hay una cama, ni mesitas, ni un despertador a cuerda. Ahora es un cuadrado casi vacío a excepción de un viejo armario y su bolsa de dormir.

Entra de todos modos y camina hacia la pared del fondo. Cuando está a un palmo, observa la pintura amarillenta. Se pregunta cuántas capas habrá entre esa pintura y el recuerdo que ahora le viene a la mente. Acerca un poco más la cara, hasta que la punta de la nariz toca la pared fría. Inspira profundamente, pero solo logra identificar un ligero olor a polvo. No hay rastro del fuerte hedor a plástico quemado que casi lo mata hace veintisiete años.

Piensa de nuevo en Dani. Una vez que supere el duelo, no tendrá ataduras que le impidan abrir sus alas. Que vuele para donde quiera, pero que vuele. Solo entonces Raúl habrá saldado la deuda que tiene con él. Habrá transferido la carga de los hombros de su hijo de vuelta a los suyos, que es de donde nunca debió haberse ido.

Solo que esta vez el lastre no consistirá en tener que vivir atado a Graciela, sino en hacerlo con la culpa de haberla matado.

Es un altísimo precio a pagar, pero su hijo se lo merece. Sobre todo cuando quizá haya sido él, Raúl, el causante de todo esto. Al fin y al cabo, se equivocó dos veces. Si no se hubiera llevado la valija llena de dólares del lugar del accidente, nada de lo que vino después habría pasado. Y si no hubiera devuelto el dinero a la policía, contra la voluntad de Graciela, al menos habría podido pagar el rescate tras la primera llamada telefónica.

Antes de que la mutilaran.

Y antes de que le hicieran quién sabe qué más.

Mira hacia abajo y se da cuenta de que todavía sujeta la taza de té entre las manos. Le da un sorbo largo para calentarse y, antes de salir de la habitación, mira el techo de reojo, casi con desconfianza. Es muy diferente al del resto de la casa.

Vuelve al comedor y camina hacia la puerta de entrada. La verdadera puerta de entrada, no la que forzó para meterse. Corre apenas unos centímetros la cortina de una ventana y observa el patio delantero. El caminito de cemento que va hacia la verja sigue ahí. Los años le han dejado varias grietas, y en ellas crecen algunas malezas recias.

Le vienen a la mente las veces que le quitó la nieve con una pala durante los dos inviernos que pasó en esa casa. También lo recuerda durante el verano del 91, cuando Graciela se acababa de mudar con él y sacaban dos sillas para tomar mate después de comer los días que no había viento. Pero, sobre todo, se le clava en la memoria la imagen de ese caminito cubierto de cenizas, unas pisadas que se alejan y que el viento va.

Apoya el té en el suelo del comedor y arrastra una pequeña mesa hasta el pasillo de las habitaciones. Con la mirada atenta al techo bajo de madera, calcula el lugar exacto donde ponerla. Al subirse a la mesa las rodillas le duelen y hacen ruido, pero logra estabilizarse.

Tiene que agacharse para que la cabeza no le golpee con las tablas de pino. Empuja una que tiene un nudo oscuro en el medio, y un cuadrado del techo cede hacia arriba girando sobre una bisagra que chilla.

El altillo está iluminado apenas por rayos de la última luz del día que se cuelan entre las chapas del techo. Los haces tenues revelan un par de bolsas de plástico que ya no brillan. No las reconoce, pero tampoco le interesan. No acaba de abrir esa compuerta para recuperar ropa vieja que lleva allí desde que se fue el último inquilino.

Sus ojos miran hacia la parte del techo que cubre el baño, la cocina y el comedor. Veintisiete años después de la erupción del Hudson, la capa de dos centímetros de ceniza sigue instalada ahí, igual que en tantos otros entretechos de Deseado.

Pero en cuanto mira en dirección a las habitaciones, el panorama es completamente diferente. El aislamiento térmico es mucho más moderno, y sobre él hay apenas una película de polvo finísima. Igual a la que habrá en las casas que se construyeron después del 91, imagina.

O las que, como esas dos habitaciones, tuvieron que ser reconstruidas.

Capítulo 31

Lunes, 2 de septiembre de 1991, 3:22 a. m.

Me despertaron los gritos de Graciela en plena madrugada.
Pensé que era otra de las pesadillas que venía teniendo
casi cada noche desde su secuestro hacía tres semanas,
pero no. Esta vez su voz era más intensa, más real, y había venido acompañada del ruido de vidrios rotos.

—Fuego —me dijo, clavándome las uñas en el antebrazo.

Me senté en la cama de un respingo. A mi izquierda, una llama circular se expandía rápidamente por la
alfombra sintética de la habitación y empezaba a quemar
el cubrecamas. El gusto acre del humo negro se me ins-
taló en el fondo de la garganta.

—Tenemos que salir —añadió, agarrándome de la mano.

Nos movimos hacia su lado del colchón, alejándonos de las llamas, y nos pusimos de pie en el estrecho pasillo que quedaba entre la cama y la pared.

La salida estaba en la esquina opuesta de la habitación. Di unos pasos hacia ahí, pero un dolor punzante en la planta de los pies me obligó a detenerme.

—Cuidado, hay vidrios en el suelo —dije.

Por el enorme agujero de la ventana rota entraban ráfagas de viento helado que hacían que el humo se mezclara con ceniza.

En ese momento, oímos un nuevo ruido de vidrios rotos, aunque esta vez más lejano. A los pocos segundos, el rugido de un motor se alejó a toda prisa en el silencio de la madrugada.

Miré otra vez hacia la puerta de la habitación. Las llamas en la alfombra ahora tenían medio metro y nos cerraban el paso.

—Vamos a tener que salir por la ventana —dije, tosiendo.

Me saqué la parte de arriba del pijama y golpeé las cortinas en llamas. Tras apagarlas, abrí la ventana. El metal de la manivela logró quemarme los dedos incluso a través de la tela con la que me había envuelto la mano.

No fue fácil ayudar a Graciela a subir al marco y saltar hacia afuera. Su pie derecho todavía no podía soportar mucho peso, y la mano izquierda le había quedado inutilizada por el yeso. Nos llevó varios intentos lograr que se encaramara al alféizar.

Una vez estuvo sentada, giró con dificultad para dejar los pies colgando hacia afuera. Se detuvo un momento, midiendo con cautela el salto de casi un metro que le hubiera resultado pan comido apenas unas semanas atrás. Estuve a punto de empujarla, pero logró reunir el coraje a tiempo y se dejó caer amortiguándose con el pie izquierdo. Yo la seguí, con las llamas lamiéndome la espalda.

Era una madrugada helada. La ceniza fría en el suelo tenía un efecto balsámico en mis pies tajeados. Me alejé hacia la calle, llevándome a Graciela en brazos. En cuanto la dejé en el pavimento, se arqueó para vomitar.

Le acaricié la cabeza, intentando tranquilizarla, pero ella levantó la mano para pedirme un poco de espacio.

Retrocedí unos pasos y levanté la vista hacia la imagen más triste que vi nunca de una casa. De las ventanas de nuestra habitación y de la de invitados salían unas gruesas columnas de humo negro que el viento disipaba apenas superaban el techo.

—Bomberos —dijo Graciela entre arcadas, sacándome de mi trance. Entonces corrí hacia la casa de una vecina y le golpeé la puerta como si quisiera tirarla abajo.

Los bomberos tardaron quince minutos en llegar, cinco en apagar el fuego y poco más de media hora en concluir que el foco del incendio habían sido dos cócteles molotov, uno en cada habitación.

Pasamos el resto de la noche en uno de los dos hoteles del pueblo. Nuestra vecina nos ofreció que nos quedáramos en su casa, pero teníamos los nervios de punta y necesitábamos estar solos. Lo que sí le aceptamos fue un poco de ropa, porque el jefe de la brigada de bomberos no nos permitió volver a la casa hasta que la policía terminara de hacer su trabajo.

—De todos modos —nos dijo—, lamento tener que comunicarles que entre el fuego, el humo y el agua, prácticamente todo lo que había dentro de las dos habitaciones quedó arruinado. Las buenas noticias son que el comedor, la cocina y el baño están prácticamente intactos.

Por suerte, unos días atrás habíamos escondido los dólares en el sótano de la casa de mis abuelos, que estaba vacía y en alquiler desde hacía meses.

En el hotel nos duchamos y nos tiramos en la cama, ambos mirando el techo en un silencio que solo se interrumpía con el tamborilear de las uñas de Graciela contra el yeso del antebrazo. No hizo falta hablar. Ambos sabíamos perfectamente lo que acababa de pasar. Al final los Contreras no estaban tan solos como yo creía. Y era muy probable que quien había tirado las molotov estuviese dispuesto a no parar hasta vernos muertos.

Permanecimos casi dos horas en una penumbra silenciosa en la que ambos intentamos hacerle creer al otro que habíamos conseguido dormirnos.

—¿Te sigue pareciendo buena idea quedarte en Deseado? —me preguntó a la mañana siguiente, tras darle el primer sorbo a su café.

Revolviendo más de la cuenta mi capuchino, eché una mirada alrededor de la cafetería vacía del hotel. Éramos los primeros en bajar a desayunar. O quizá, los únicos huéspedes.

Mis ojos se detuvieron en el gran ventanal. Aquel día, la nube gris que lo cubría todo estaba un poco más débil y me permitía distinguir el otro lado de la ría. Observé la meseta marrón recordando que la mañana anterior, cuando empezaba a creer que nuestras vidas podían volver a la normalidad, en la radio habían dicho que las ovejas estaban muriendo como moscas. La lana llena de ceniza les pesaba el triple y se convertía en un lastre fatal. Además, las escasas aguadas de los campos habían quedado transformadas en ciénagas que se tragaban a los animales por decenas.

—No —dije al fin—. Tenías razón. Tenemos que irnos.

Después del secuestro de Graciela, con el correr de los días yo me había ido convenciendo de que nuestro problema con los hermanos Contreras había terminado ahí. Según Melisa Lupey, la banda trabajaba en un círculo muy pequeño. Era un negocio de familia que se había quedado sin sus tres líderes en muy poco tiempo. Y yo fui lo suficientemente ingenuo como para creer que los pocos subordinados que pudieran tener estarían demasiado ocupados peleándose entre ellos por quedarse al mando.

Sin embargo, el fuego de la noche anterior demostraba que estaba equivocado. Y lo peor de todo era que no teníamos ni idea de cuán grande era el aparato que había quedado en pie.

—Tenés razón —repetí—. Tenemos que irnos de Deseado durante un tiempo.

—*Mucho* tiempo, Raúl. Esta gente va a mandar a otros a buscarnos. En Deseado no vamos a poder vivir en paz durante años.

Mientras Graciela luchaba por untar con una sola mano una tostada con mermelada, yo me pregunté cuánto sabría ella sobre el poder de los tipos que la habían secuestrado. Sabía de su crueldad, eso seguro, y lo recordaría por el resto de su vida cada vez que se mirara el pie. Pero ¿qué conocía sobre la organización de la banda?

Supe que era inútil volver a preguntarle. No había logrado sacarle una sola palabra sobre lo que había visto y oído durante las más de cuarenta horas que estuvo secuestrada. Y, por supuesto, ni una palabra de lo que le habían hecho.

—Aunque, por otra parte, ¿no es muy sospechoso? —me preguntó.

—¿Qué cosa? —dije, jugueteando con la llave de la habitación.

—Dejarlo todo e irnos de un día para el otro.

—En estos días casi nada es sospechoso. Tenés desde ganaderos a los que se les están muriendo todas las ovejas y se ven obligados a abandonar sus campos hasta gente del pueblo que lo está dejando todo para irse por un tiempo. El Flaco Armendáriz se fue con toda su familia al norte. Los Putner, también. Hasta el propio comisario mandó a su mujer y sus hijas a Comodoro. Hay mucha gente yéndose de Deseado hasta que esto pase. Y no me extrañaría que algunos ya no vuelvan más.

Aunque no había nadie en la cafetería, Graciela bajó la voz antes de hablar.

—Pero a ninguno de ellos le incendiaron la casa. Es imposible que el comisario no asocie las molotov con los Contreras.

—Exacto, y eso nos juega a favor.

—¿Cómo? —quiso saber antes de darle otro mordisco a su tostada.

—Rivera va a pensar que la gente de los Contreras quiere los dólares.

—¿Y no es así?

—Sí, pero para él esos dólares se quemaron con el galpón del ferrocarril. Así que, a lo sumo, va a pensar «pobres Raúl y Graciela, por lo que yo hice los persiguen a ellos», ¿entendés? A Rivera le conviene que nos vayamos del pueblo.

—¿Y adónde nos vamos a ir?

—Con un millón cien mil dólares, adonde queramos. A Mendoza, por ejemplo, con tu familia.

La llave de la habitación ahora giraba a toda velocidad alrededor de mi dedo.

—Yo no tengo familia en Mendoza —dijo en modo tajante—. Vámonos a Salta, con tu hermano. Con los contactos que tiene él en la industria del petróleo y el capital que podemos aportar nosotros, mal no nos puede ir.

Entonces recordé algo que hasta el momento había pasado por alto. Sentí que se me helaba la sangre.

—No podemos. Los Contreras sabían que tengo un hermano en Salta. Si nosotros desaparecemos, lo van a ir a buscar a él.

—¿Entonces qué hacemos?

—Nos vamos a Chile. Punta Arenas.

—No entiendo, me acabás de decir que si nos vamos ponemos en peligro a tu hermano.

—No si él se viene con nosotros.

—¿Y por qué a Punta Arenas?

—Porque es el lugar con petróleo más en el culo del mundo que conozco.

Ahora la llave giraba mucho más lenta alrededor de mi dedo, acompañando a mis pensamientos. Podía funcionar. Era cierto lo que había dicho Graciela: si combinábamos nuestro dinero con lo que sabía mi hermano del mundo de los hidrocarburos, nos tenía que ir bien. Eso, siempre y cuando Alejo me perdonara que le hiciésemos cortar todo vínculo con su vida en Salta.

—El primer día de la ceniza hablé por teléfono con él —dije—. Me contó que tenía un mes para decidir si aceptaba un trabajo en Punta Arenas. Ya mismo lo voy a llamar para ponerlo al tanto de todo. Mientras nosotros estemos en Deseado, él no corre peligro, pero en cuan...

Antes de que pudiera terminar la frase, Graciela me arrebató la llave de un manotazo y se incorporó de manera tan brusca que su silla cayó al suelo. Ignorando el estruendo, se encaminó hacia la habitación todo lo rápido que le permitió la venda en el pie.

Tras levantar la silla y recoger algunos objetos personales, fui detrás de ella. La encontré en el baño, arrodillada frente al inodoro sujetándose el pelo con la mano que no tenía enyesada.

—¿Estás bien?

Asintió con la cabeza y, tras limpiarse la boca con papel higiénico, me miró con unos ojos que las arcadas habían llenado de lágrimas.

—Me parece que estoy embarazada.

Capítulo 32

Jueves, 6 de diciembre de 2018, 10:17 p. m.

Cuando termina de teclear la frase «Me parece que estoy embarazada», saca la hoja del rodillo y la pone boca abajo encima de las otras. Le duelen las manos, pero está satisfecho de haber contado la historia hasta el final.

Supone que en su lugar un escritor releería, revisaría y corregiría hasta estar conforme, de la misma manera que él corrige con la amoladora los excedentes de las soldaduras y disimula las uniones con pintura hasta que todo parece una pieza única. Si ya era así de perfeccionista hace muchos años, cuando hacía sus trabajos por dinero, lo es mucho más ahora, que los hace como terapia. Soldar le da paz.

Pero ni está soldando ni es escritor. Aunque sabe que su relato tiene mil errores, decide dejarlo así. Después de todo, es un plan B. Si todo sale bien, esos papeles arderán antes de que nadie pueda leerlos.

Y si no, tendrán un único lector.

Cuenta las páginas que escribió durante todo el día: ochenta y siete. Son muchísimas más de las que anticipó inicialmente. Aun así, le sorprende que la historia de tantas vidas arruinadas quepa en menos de cien hojas.

Entonces se da cuenta de que le faltó algo. Dejó afuera una pieza fundamental que hace que su relato no sea más que notas sueltas en un pentagrama. Necesita ponerle una clave de sol, de fa o de do para que sea posible interpretarlas.

Se sujeta al respaldo de la silla y gira el torso hacia un lado hasta que logra que crujan varias vértebras. Repite el movimiento en sentido contrario y unas pocas vuelven a sonar. El dolor en la espalda disminuye un poco. Pone otra hoja en la máquina y escribe. Esta vez las palabras le salen al doble de velocidad.

Querido Dani:

Tengo dos motivos para desear que nunca leas esta carta ni las páginas que la preceden. Uno es que segura-

mente te romperían el corazón. Y el otro es porque, si este papel está en tus manos, significa que estoy preso. O muerto.

Lo que acabás de leer es nuestra historia, Dani. La tuya, la de tu madre y la mía. Quizá también es la explicación de por qué ella se pasó toda la vida con problemas psiquiátricos, aunque eso no se puede saber a ciencia cierta.

En cuanto al papel que me tocó a mí, no estoy seguro de haber hecho lo correcto. Quiero que sepas que no pasa un día en el que no me cuestione las decisiones que tomé durante esas horas. Te lo juro, ni un solo día. ¿Y sabés qué es lo peor de todo? Que tantos años preguntándome «¿Qué hubiera pasado si…?» no me sirvieron de mucho, porque no llegué a ninguna conclusión. Esa pregunta es uno de los peores ácidos que puedan verterse sobre el alma de un ser humano.

Hoy, veintisiete años después de que empezara todo esto, me veo en la situación de tener que tomar otra de esas decisiones de las que quizá me arrepienta el resto de mi vida. Pero prefiero esto a que esa pregunta, ese ácido, vuelva a carcomerme por dentro.

Quizá soy yo quien tiene los problemas psiquiátricos más graves, pero tampoco soy un psicópata, incapaz de sentir empatía. Precisamente, es por empatía que hoy hago lo que hago. Me pongo en el lugar de tu madre, que no logra juntar el valor para ejecutar una decisión que tomó hace años, y en el tuyo, que no podés vivir tu vida plenamente por culpa de su enfermedad.

Ojalá nunca leas esta carta, Dani. Ojalá la muerte de tu madre te duela en el alma, pero después del duelo abras tus alas sin culpa. Ojalá yo logre ser la esponja que absorba todo tu dolor y el de ella. Los dos se lo merecen.

Y si la leés, espero que alguna vez puedas perdonarme.

Te quiero. Y a ella también la quise muchísimo.

Papá

Capítulo 33

Jueves, 6 de diciembre de 2018, 11:23 p. m.

Quita la carta del rodillo y la pone como última página de su relato. Luego mete la máquina de escribir en el gastado estuche verde y enfila hacia la habitación. Casi como un autómata, la guarda en el viejo armario en el que la encontró y se arrodilla en el suelo para enrollar su bolsa de dormir. Puede que en unas horas tenga que volver a extenderla en ese mismo lugar, aunque es poco probable. Graciela no suele salir de casa ni recibir visitas. De noche, mucho menos.

Si todo va bien, deberá irse de Deseado cuanto antes. El primer ómnibus sale a las cuatro de la mañana, y no quiere arriesgarse a perderlo por no tener listo el equipaje.

Da una mirada al cuarto para asegurarse de que no hay ningún rastro de que durmió ahí una noche. Vuelve al comedor y guarda en la valija el infiernillo y los víveres que no usó. Si lo de hoy resulta, le habrá sobrado casi toda la comida.

De la caja de habanos saca la Colt y los cuarenta valiums que compró en Comodoro. Guarda la pistola en el bolsillo de su abrigo, colgado junto a la puerta, y las pastillas en la mochila.

A pesar de que las páginas escritas a máquina son muchas, logra doblarlas por la mitad y meterlas dentro de la caja vacía. La pone en la valija y, entonces sí, cierra la cremallera.

Mira alrededor y confirma que el único indicio de que habitó la casa durante las últimas veinticuatro horas son la maleta y una bolsa de basura anudada.

Antes de salir, saca del bolsillo la pequeña libreta y repasa una vez más la lista de razones. Sus ojos se detienen en la última, que es mucho menos escueta que las demás y está subrayada tres veces: «02-12-2018. Amenaza a Dani con clavarse un cuchillo por no ir a comer empanadas».

La fecha corresponde al domingo pasado. La gota que colmó el vaso cayó hace cuatro días.

Son las once y media de la noche cuando abre la puerta y siente en la cara el aire helado de la primavera patagónica.

Camina con la cabeza gacha, apartando de su cuerpo la mano que sujeta la bolsa de basura, por si chorrea. A ciento cincuenta metros la tira en un contenedor de hierro pintado de blanco que, juraría, es el mismo de hace veintisiete años.

De tan ligera, la mochila se le resbala por los hombros. Ajusta las tiras y apura el paso. No tarda más de diez minutos en llegar a la casa de Graciela. Es una vivienda antigua, de chapa acanalada pintada de verde y aberturas de madera. Él odia ese tipo de construcción, pero a Graciela le encanta.

La compraron cuando pudieron volver a Deseado, después de cinco años en Chile. No se habrían animado a regresar si los informes del investigador privado que Raúl contrató por una fortuna no hubiesen sido tan conclusivos. Las investigaciones del detective, respaldadas con recortes de prensa y expedientes policiales, indicaban que el heredero del negocio de los Contreras había aparecido con seis balazos en el pecho en su casa de Ezeiza en 1993. A su vez, quien le arrebató el mando, un tipo de Rosario, se había matado dos años después en un accidente en la autopista. O sea, en los cinco años que duró el exilio de Raúl y Graciela en Punta Arenas, habían pasado tres generaciones de narcos en la Patagonia. La cocaína seguía saliendo a toda máquina desde Deseado a Vigo, pero los dueños de esa máquina ahora no tenían nada que ver con los Contreras.

Decidieron volver en 1996 y Graciela se encaprichó con la casa que Raúl ahora tiene en frente. En aquel momento se caía a pedazos, pero no hubo forma de convencerla de comprar otra. Insistió en que la vivienda tenía una energía ideal para criar a Dani. Cuando él le planteó que acondicionarla les iba a costar un ojo de la cara, ella se limitó a utilizar una de sus frases favoritas de los últimos años.

—Con esa mentalidad de pobre, vas a terminar siendo el más rico del cementerio.

Reconoce que en esa burla había algo de cierto. En los cinco años que pasaron en Punta Arenas habían casi duplicado el millón de dólares gracias a la empresa de soldadura especializada en servicios petroleros que Raúl había fundado con su hermano Alejo. A pesar de eso, si fuera por él, por Raúl, la pareja habría continuado con el estilo de vida austero que llevaban cuando apenas les alcanzaba con tres trabajos para llegar a fin de mes.

Y si alguien le hubiera dicho en aquella época que dos décadas después tendría un Rolex en la muñeca y un velero de seis metros amarrado en Villa La Angostura, le habría resultado completamente increíble. Aunque, a decir verdad, mucho menos increíble que si le hubieran anticipado que iba a estar parado frente a esa casa con una pistola en el bolsillo.

Lo cierto es que, a pesar de cualquier pronóstico, ahí está, mirando uno a uno los cuatro autos estacionados en la calle. Ninguno es el de su hijo. Bien.

Las ventanas del comedor de la casa dan a un patio delantero que hoy es tristeza pura: solo un par de matas de alfalfa silvestre rompen la explanada de suelo marrón y apelmazado. Pensar que cuando Dani era un niño y los tres vivían allí, el jardinero que venía dos veces por semana lo había convertido en un vergel que era, además de resistente al clima antiplantas de la estepa, precioso. Tanto que el diario del pueblo lo había elegido «el jardín más lindo de 1999».

Raúl abre el portón de la verja con cuidado de no hacer ruido. Por los bordes de los postigos de la ventana del comedor, cerrados desde hace años, se cuela el resplandor cambiante de un televisor encendido. Camina alrededor de la casa hasta llegar a la puerta de la cocina, que es la que usa Graciela para entrar y salir. La principal está clausurada para que el comedor se parezca aún más a una cueva oscura, que es donde más cómoda se siente.

Golpea en el vidrio de la puerta. Mientras espera, se lleva inconscientemente la mano al pelo y endereza un poco la espalda. Pocos segundos después oye pasos que se arrastran por la madera lustrada.

—¿Quién es? —pregunta Graciela sin correr la cortina.

—Raúl.

Ahora sí, la tela que les impedía verse se mueve un poco y Graciela aparece detrás del vidrio.

Cuando la puerta se abre, el aire caliente golpea la cara de Raúl como una bofetada. Ella tiene puesto un camisón de verano hecho de seda. Lógico, porque la temperatura dentro de la casa es de país tropical.

Raúl se inclina para darle un beso en la mejilla, pero ella se apresura a dar un paso hacia atrás y cruzar los brazos.

—Ahora vengo —le dice, dándole la espalda, y se mete por el pasillo que lleva a las habitaciones.

Sabe perfectamente que cuando Graciela vuelva, se habrá puesto algo de manga larga sobre el camisón. Otra de sus manías es no dejar que nadie, ni siquiera él cuando eran pareja, la vea con manga corta. No desde que Dani tenía tres años.

Graciela vuelve al comedor con un cárdigan violeta oscuro sobre el camisón. Sin hablarle, se dirige a la pared de la que cuelga un enorme mapa del mundo hecho con algas secas. Él mismo se lo encargó a una artesana chilota y se lo regaló a Graciela para su primer cumpleaños en esa casa, hace más de veinte años. Hasta el día de hoy, es uno de los pocos regalos que se siente orgulloso de haber hecho. Por la idea, por lo que le gustó a Graciela y por haber logrado que sobreviviera a la pesadilla logística de hacerlo traer, ya enmarcado, desde la isla de Chiloé.

Su exmujer pasa frente al mapa sin siquiera mirarlo y se dirige a la cajita de plástico embutida en la pared. Aprieta varias veces el mismo botón, y con cada *bip* el termostato de la calefacción central baja un grado.

—¿Qué hacés acá? —le pregunta al fin sin sentarse ni invitarlo a él a ponerse cómodo.

—Vine porque me gustaría hablar con vos.

Hace cinco años que no se ven en persona. Y a pesar de que de tanto en tanto Raúl va viendo fotos de ella en las redes sociales de Dani, la encuentra muy avejentada. Parece que el tiempo le hubiera pasado en cámara rápida.

—A pedirme algo, seguro. ¿Vas a empezar otra vez con lo de alquilar la casa de abajo?

Se refiere a la casa en la que él pasó las últimas veinticuatro horas. Al principio había sido simplemente «la casa», y cuando se mudaron a Chile, «la casa de Deseado». Pero cuando volvieron con dinero suficiente para comprar varias propiedades, pasó a ser «la de abajo», porque estaba en la parte más baja del pueblo, a doscientos metros de la ría.

—No, no tiene nada que ver con esa casa. Vine a hablar de Dani.

—¿Qué le pasa a mi nene?

—¿Nos sentamos? —sugiere él.

Graciela hace un gesto afirmativo con la cabeza, pero, en vez de tomar asiento, rodea la barra de mármol que separa el comedor de la cocina y saca dos tazas de la alacena. Lo más lógico sería que Raúl se ubicara en la banqueta alta que hay del otro lado de la barra, pero prefiere hacerlo en una de las sillas que rodean la enorme mesa de madera rústica en el centro del comedor.

Cuelga su abrigo en el respaldo de la silla y se sienta. Desde allí puede ver a su exmujer, que en este momento enciende una tetera eléctrica de acero inoxidable.

—¿Té? ¿Café? —le pregunta sin dejar de darle la espalda.

—No, estoy bien.

Seguro de que ella no lo ve, estira un poco la mano hacia abajo y la mete en el bolsillo derecho. Siente el tacto frío de la Colt, pero no la empuña. Solo quiere asegurarse de que está ahí, y de que no le costará alcanzarla cuando llegue el momento.

Sus manos vuelven vacías a la mesa y se entretienen recorriendo el contorno de un nudo de la madera. Es irregular pero a la vez suave, igual que las cachas de asta de ciervo.

—Te preparo un té, que te va a venir bien para calentarte un poco. Hace frío. Tengo chai y macha, me los hizo traer Dani desde Buenos Aires. Es increíble lo que se consigue hoy por hoy en internet.

A pesar de que la calefacción hace que el ambiente esté más para mojito que para té, sabe que no tiene sentido contradecirla. Se limita a decir que bueno, que le haga un té. Y como no conoce ninguna de las dos variedades, elige el chai, que por lo menos le suena de alguna película.

—Bueno, vayamos al grano. —Se gira hacia él, poniendo dos tazas vacías sobre la barra—. ¿Qué pasa con mi hijito?

—Nuestro hijito.

—Por supuesto.

Él se remueve un poco en la silla, como si fuera posible encontrar una postura cómoda para lo que está por suceder.

—Mirá, Graciela. No hay una forma sutil de decir esto, así que te pido que me escuches sin interrumpirme y que intentes entender por qué te digo lo que te digo.

—Ay, no me hables así que vos sabés que me asusto enseguida, Raúl. Encima que venís sin avisar en plena noche, ahora me decís esto.

—Sin interrumpirme, Graciela. Por favor.

Hace una pausa, toma aire y pronuncia la única frase que trajo aprendida de memoria.

—Vine para asegurarme de que, de una vez por todas, dejes que Dani viva su propia vida.

—¿A qué te referís? —pregunta ella con gesto genuinamente sorprendido—. Dani hace lo que quiere. Tiene su casa, su trabajo, su novia…

—Hace más de medio año que está peleado con la novia, Graciela. Y vos sabés muy bien por qué.

—No están peleados —dice ella, moviendo la mano en el aire como quien espanta a una mosca—. Paola se fue a San Martín de los Andes por trabajo, pero siguen juntos. A distancia.

—Graciela, ¿te estás escuchando? Ella quería que Dani la acompañara a San Martín, y hasta estaba dispuesta a que fueras vos también, para no dejarte sola.

—¿Qué iba a hacer yo tan lejos? Mi casa está acá. Mi historia está acá.

—La peor parte de tu historia.

Graciela ríe entre dientes y niega con la cabeza.

—Como si la que hubo antes hubiese sido mucho más linda.

—No lo sé, porque nunca me la contaste. Igual que un montón de otras cosas.

A pesar de la vaguedad de las palabras, los dos saben exactamente a qué se refiere Raúl. Ella vuelve a negar con la cabeza y larga un soplido. El gesto es un calco del que hizo cada una de las veces que él le sacó el tema durante los dieciocho años que pasaron juntos después del secuestro.

Piensa en la irreversibilidad de lo que está por hacer y de repente se plantea que quizá llegó la hora de obtener esas respuestas. Preguntarle sin pelos en la lengua si esos hijos de puta la violaron, por ejemplo. Pero no pasa ni un segundo y ya se siente la peor basura del mundo. ¿Quiere saber eso para intentar entenderla mejor o porque duda de si es o no el padre biológico de Dani?

Aprieta fuerte las muelas y decide callar, una vez más. No necesita saber si Dani lleva sus genes o no. De hecho, está agradecido de que en aquella época no existieran los análisis de ADN. No hubo un papel que empañara lo que sintió al verlo nacer, oírle decir papá, enseñarle a andar en bicicleta, a soldar…

—Graciela, Dani no hace lo que *quiere*. Dani hace lo que *puede* dentro de lo que vos le permitís. Y lo que más me preocupa es que parece que no te dieras cuenta de que le ponés palos en las ruedas constantemente.

—¿A qué te referís?

—A que cada vez que no estás de acuerdo con una de sus decisiones, lo amenazás con suicidarte…

—¿Vos te pensás que yo lo hago para llamar la atención? —grita ella desde el otro lado de la barra—. ¿Te pensás que no me hubiese gustado que me saliera bien la primera vez?

A él esa última frase le cae como una puñalada en el estómago. Con «la primera vez» Graciela se refiere a cuando Dani tenía tres años, vivían en Punta Arenas y ella se encerró en el baño a cortarse las venas. ¿Cómo podía desear que le hubiera salido bien, sabiendo que dejaba sin madre a un nene tan chiquitito?

Se quedan los dos en silencio. Ella vuelve a darle la espalda y él oye el agua caliente llenando las tazas.

Se pone la mochila sobre el regazo y la abre. Ve las cajas de Valium en el fondo.

Cuando Graciela trae la bandeja con el té, él la mira y fuerza una sonrisa conciliadora. Mientras se lleva la taza a la boca para dar el primer sorbo, repasa el plan por enésima vez. Pondrá las pastillas sobre la mesa, le dirá qué son e intentará convencerla de que, de una vez por todas, se suicide. Si se resiste, entonces meterá la mano en el bolsillo de la campera y la obligará a tomárselas a punta de pistola. Y si se sigue negando, no le quedará más remedio que apretar el gatillo.

Pero si va a cargar con ese peso para el resto de su vida, necesita saber. Necesita estar absolutamente seguro de que Graciela no tiene vuelta atrás.

Pone las dos manos en la mesa lentamente, intentando tranquilizarse. Antes de volver a hablar, respira hondo un par de veces.

—Tu hijo ya no puede más, Graciela.

Ella apoya la taza sobre el platito con tanta fuerza que la cucharita tintinea como un cascabel.

—¿*Él* no puede más? ¿Él, que es joven, lindo y con trabajo no puede más? ¿Y yo? En mí nadie piensa, ¿no? Porque, por si no se dieron cuenta, yo tampoco puedo más.

—En vos nadie piensa... ¿Te estás escuchando? Dani sacrificó su sueño por vos. Dos veces se fue a estudiar

Veterinaria y las dos veces se volvió para estar al lado tuyo. Hace años que lo tenés a tu servicio.

Su exmujer no responde. Se limita a ofrecerle una sonrisa sarcástica, como si él no entendiera nada.

—Yo sé que lo tuyo es una enfermedad, Graciela. Pero le estás chupando la vida a él de la misma manera que me la chupaste a mí durante dieciocho años. Si estoy acá es porque quiero ayudarlo. Y a vos también.

—¿Ayudarme? —pregunta con una risita—. Me dejaste en el peor momento, Raúl. Te mudaste a más de mil kilómetros de mí durante el primer año que Dani se fue a la universidad. Si me hubieras querido ayudar, te habrías quedado conmigo.

—Graciela, por favor. Estabas triste porque tu hijo se había ido a estudiar. Igual de triste que estaba yo y todos los otros padres que mandan a sus hijos a la universidad. De ahí a que ese haya sido tu peor momento...

—¿Desde cuándo lo decidís vos eso?

Raúl está a punto de perder los estribos. Parece que Graciela no se acordara de que fue él quien la encontró con las venas abiertas cuando Dani tenía tres años. Siente un deseo irrefrenable de decirle a los gritos que ese fue el peor momento de la vida de los tres. ¿Qué otro, si no?

Pero no le grita. Ni siquiera le habla, porque ya es hora de dar el paso irreversible. Estira la mano izquierda hacia atrás y la mete en el bolsillo del abrigo hasta que sus dedos dan con el tacto duro y frío que buscan. Lentamente, saca el teléfono y se lo muestra.

—A ver si con esto entendés —dice, poniéndolo sobre la mesa.

Busca entre las notas de voz que tiene marcadas como favoritas y selecciona la del 23-04-2018. El mensaje dura dos minutos y cincuenta y cinco segundos, pero él lo adelanta para reproducir únicamente los nueve segundos finales. Del aparato sale la voz de Dani, quebrada por las lágrimas: «Me pregunto si alguna vez me va a dejar en paz. Me siento una basura por pensar así, pero a veces preferiría que desapareciera de mi vida».

Cuando el mensaje termina, Graciela se queda en silencio con la mirada clavada en el teléfono.

—No lo dice en serio —comenta al fin, cuando la pantalla lleva ya un buen rato totalmente negra.

Raúl se encoge de hombros y aprieta los labios.

—No lo dice en serio —repite—. ¿Cómo va a querer eso mi hijito? ¿Sabés qué, Raúl? Me parece que yo no soy la única que está enferma acá. Creo que vos tenés un problema igual o más grande que el mío.

Él no se lo va a reconocer nunca, pero sospecha que en eso Graciela tiene razón.

—Me parece que es hora de ir terminando con esto —dice por toda respuesta.

Saca de la mochila las dos cajas de Valium y las pone sobre la mesa. Graciela mira los medicamentos frunciendo un poco el ceño, extrañada.

—¿Qué es eso?

—La forma de suicidarte de verdad.

—¿Qué carajo te pasa, Raúl? ¿Estás loco?

Sin contestarle, se inclina un poco hacia atrás y mete la mano en el bolsillo derecho del abrigo. Desliza los dedos por las cachas de asta de ciervo hasta empuñar la pistola.

—¿Qué tenés ahí? —pregunta ella.

—Nada.

Todo lo que tiene que hacer es sacar la pistola y ponerla sobre la mesa con el caño apuntando hacia ella. Es el último paso para liberar a su hijo. Aprieta la culata con todas sus fuerzas, pero es como si el arma estuviera soldada a un yunque. Quiere hacerlo, genuinamente quiere sacarla y apuntarle, pero hay algo en su cerebro que se lo impide. Como si tuviera una parálisis selectiva, exclusiva para ese movimiento.

Retira del bolsillo la mano vacía y se la lleva a la cara. Se restriega un poco los ojos y se pinza el puente de la nariz con el pulgar y el índice.

—La próxima vez que te quieras suicidar, acá tenés la forma de hacerlo en serio —le dice sin mirarla—. Te tomás todas estas pastillas juntas y chau. No duele. Te dormís y tu cuerpo se olvida de respirar.

Empuja las cajas hacia ella con las yemas de los dedos, se levanta de la silla y se pone el abrigo.

—Sos un verdadero hijo de puta, Raúl. ¡Un hijo de mil putas!

Ignorándola, agarra la mochila y camina hacia la puerta. Al tercer paso, un impacto seco en la cabeza le causa un dolor que se le extiende por todo el cráneo. Un segundo después le llega el sonido de la taza de porcelana haciéndose añicos contra el suelo.

Se lleva los dedos a la cabeza y los mira. No hay sangre. Al darse vuelta tiene a Graciela a un palmo de distancia, respirando ruidosamente por la nariz y clavándole unos ojos vidriosos.

—Llevate esto de mi casa, hijo de puta —le dice, apretándole contra el pecho las cajas de sedantes.

Raúl agarra el medicamento con manos lentas, reconociendo su derrota. Lo hizo todo mal. Todo al revés de como lo había planteado.

Y Graciela, a modo de despedida, le da vuelta la cara de un cachetazo.

Capítulo 34

Viernes, 7 de diciembre de 2018, 1:07 a. m.

Afuera de la casa de Graciela, el único movimiento en la calle es el de las ramas de los olmos agitadas por el viento. Camina con paso apurado y las manos en los bolsillos. La izquierda sostiene las cajas de Valium. La derecha, la Colt.

El plan le salió mal. Pésimo, realmente. Ahora Graciela sabe que él preferiría que esté muerta. Se pregunta si ella le hablará a Dani del encuentro de esta noche. Difícil, concluye, porque tendría que enfrentarse a la posibilidad de que su hijo le diga que sí, que su manipulación constante no le permite vivir plenamente.

No puede dejar de preguntarse por qué a él. Pasaron ya veintisiete años y sigue sin saber qué hizo para que su vida se transformara en esta pesadilla. Tampoco puede sacarse de la cabeza la idea de que todo es su culpa. Si no hubiera tocado ese dinero... O si no lo hubiera devuelto a la policía...

Se para en seco. Sin darse tiempo a arrepentirse, gira sobre los talones y desanda sus pasos. Al llegar a la esquina, en vez de ir a la derecha para volver a lo de Graciela, va a la izquierda. Recorre los siguientes quinientos metros corriendo, con la adrenalina haciéndole galopar el corazón.

No es, ni por asomo, la primera vez que se plantea lo que está por hacer. Cientos de noches sin dormir alcanzan para odiar hasta el hartazgo al corrupto que te arruinó la vida. Sobre todo si es un corrupto condecorado y aplaudido que, gracias a su reputación intachable, llegó a ser el jefe máximo de la policía de la provincia.

Sin embargo, esta madrugada es muy distinta a las muchas otras en las que lo maldijo. Esta madrugada Raúl Ibáñez tiene una pistola cargada en el bolsillo y nada que perder.

Recién aminora un poco el ritmo para recuperar el aliento cuando llega a la plaza del Vagón. En la calle San Martín se ven, a lo lejos, las luces de un coche. Por lo lento que avanza, se trata de gente dando una vuelta, yendo a ningún lado, como tantas veces hizo él cuando vivía en este pueblo.

Antes de que se le acerquen demasiado, cruza hacia el Banco Nación y se va en dirección a la municipalidad. Otros trescientos metros y por fin llega a la casa de piedra. Fantaseó muchas veces con volver a visitarla, pero nunca se habría imaginado que lo haría esta noche.

Las rejas que ahora protegen las ventanas son el único indicio de que pasaron casi tres décadas desde la última vez que entró. Incluso de noche, se nota que están muy bien hechas. Seguramente son obra de un soldador distinto al que construyó el armero del sótano.

¿Todavía habrá un armero en el sótano?

Pasa de largo frente a la fachada de piedra y se refugia del otro lado de la calle, protegiéndose del alumbrado público debajo de un olmo. Saca el teléfono, abre la aplicación de voz sobre IP y marca el número. La llamada suena varias veces hasta que, por fin, atiende una mujer.

—¿Hola?

—Con la señora Amanda Rivera, por favor.

—Ella habla.

Deseado creció mucho en veintisiete años, pero el chismorreo sigue siendo el deporte más popular. Por eso, a Raúl le bastaron un par de preguntas hechas casi al pasar en los últimos meses, durante conversaciones telefónicas con viejos amigos, para averiguar que el excomisario Manuel Rivera sigue viviendo en la casa de siempre. Parece que ahora está muy avejentado y bastante enfermo. Algunos incluso le dijeron que si no fuera porque su hija mayor es soltera y vive con él, ya estaría en el geriátrico.

—Señora Rivera, la llamo del hospital. Su hermana Patricia tuvo un accidente grave. Intente mantener la calma y venga lo más pronto que pueda.

—¿Mi hermana? ¿Qué hospital?

—El de Puerto Deseado.

—No puede ser. Mi hermana está en Comodoro.

—Justamente, iba en viaje desde Comodoro a Puerto Deseado —improvisa—. El vehículo dio varias vueltas y ella está muy grave. Además, su condición de asmática agrava la situación. Si usted no puede acercarse, por favor facilíteme los datos de contacto de otro familiar para…

—Voy ya mismo para allá.

En una de las ventanas se enciende la luz. A los cinco minutos, una mujer de treinta y pocos años sale a la calle enfundada en un abrigo oscuro, se sube a un auto y se va a toda velocidad.

Él cruza la calle y abre sin dificultad las puertas de la verja y de la casa. Con el apuro, Amanda Rivera las dejó sin llave. Entra y se dirige a la habitación principal, donde una figura corpulenta duerme profundamente, ajena a la partida repentina de su hija y a la llegada del extraño.

Saca la Colt del bolsillo y le apunta al bulto bajo las mantas. Llega incluso a poner el dedo sobre el gatillo, pero hay algo que le dice que no, que una muerte mientras se duerme plácidamente es mucho más de lo que se merece ese hijo de puta.

Entonces enciende la luz.

La habitación es tal y como la recuerda. La cama de hierro forjado y el crucifijo tallado en madera sobre el cabezal son los mismos. La única diferencia es que, a los pies de Jesús, la pared está repleta de *Post-it* de color amarillo fosforescente.

Manuel Rivera se revuelve un poco entre las sábanas y gira sobre el colchón, entornando los ojos para protegerse de la luz.

—¿Qué pasa, Amanda?

En vez de responder, Raúl levanta un poco la Colt para apuntarle a la cabeza.

—¿Usted quién es? —pregunta el excomisario cuando sus ojos se ajustan a la luz y reconoce la pistola.

—¿No te acordás?

—No.

—Hacé un esfuerzo.

—La verdad es que no. Estos días no sé qué me pasa, ando un poco flojo de memoria.

Dice esto con un tono cantarín, casi alegre, que no le pega a quien está del lado de la pistola del que salen las balas.

—Te voy a dar una pista. Soy la persona a la que le cagaste la vida por corrupto.

Rivera frunce el ceño. Más que una expresión de extrañeza, la suya es de concentración, como si intentara encontrar un libro dentro de una biblioteca inmensa.

—Soy el pelotudo que te devolvió tres millones de dólares pensando que eras un policía honesto.

—¿Raúl Ibáñez?

Asiente.

—Estás muy viejo, Raúl. Es increíble, los años nos pasan por encima como una aplanadora.

Otra vez ese tono dicharachero, casi infantil, que no encaja con la situación.

—¿Vos sabés que no solamente me destrozaste la vida a mí, sino también a mi mujer y a mi hijo?

Rivera no responde.

—La declaración que falsificaste para quedarte con un millón y medio de dólares cayó en manos de los hermanos Contreras, seguramente gracias a algún otro corrupto de tu comisaría. ¿Y sabés lo que hicieron para que les devolviera lo que, según tu papelito, yo me había quedado? ¿Sabés qué hicieron, viejo hijo de puta? Secuestraron a mi mujer.

—No puede ser.

—¡Es! Y cuando la logré rescatar, ya era demasiado tarde. Nos pasamos toda la vida sufriendo las consecuencias de lo que hiciste.

—Eso no tiene ningún sentido. Los hermanos Contreras se llevaron un millón cien mil del sótano de esta casa, así que sabían perfectamente que el dinero me lo había quedado yo y no vos.

Le sorprende la soltura con la que habla Rivera. No hay sentimiento en sus palabras pragmáticas.

—Tampoco les sirvió para mucho, porque terminaron prendiéndose fuego ellos y la guita —continúa el excomisario—. Se habían escondido en un galpón del ferrocarril.

—Dejame adivinar: uno de los cadáveres apareció con la rodilla quebrada de un golpe y el otro con un balazo en el muslo.

—Sí. Seguramente se pelearon entre ellos por los dólares.

Raúl suelta una risita y niega con la cabeza.

—¿El balazo era calibre 45, de una Colt 1911 como esta? —pregunta, apuntándole entre los ojos.

Rivera mira el arma, confundido.

—Nunca encontramos la pistola en los restos del incendio —dice, más para sí mismo que para Raúl.

—Y supongo que el fuego derritió la cinta con la que atamos a esos hijos de puta para asegurarnos de que murieran quemados.

—No pudimos hacer una investigación a fondo por la situación que se vivía esos días.

—Es verdad —exclama con sorna—. Te vino al pelo que con todo el desastre de la ceniza nadie le prestara demasiada atención a ese incendio, ¿no? No fuera a ser que se descubriera que la bala en la pierna de Jacinto Contreras había salido de un arma registrada a tu nombre. O un cuchillo con tus iniciales.

Rivera permanece en silencio, con la mirada perdida en el cañón de la Colt.

—Y también te vino bien que la Policía Federal tardara semanas en mandar a alguien a investigar. Alguien que, supongo, se encontró los restos del incendio cubiertos de ceniza volcánica y no pudo obtener nada más que lo que estaba escrito en los informes de la policía local.

El excomisario observa por unos segundos la cortina de la tela de su habitación, como si hubiera en ella algo interesante. A Raúl le aflora la sospecha de que Rivera no está registrando todo lo que pasa.

—Fui yo, ¿entendés? —le dice, señalándose el pecho con el dedo—. Yo me llevé del sótano los dólares, la pistola y el cuchillo. Yo maté a esos hijos de puta. Y es mi familia la que lleva toda la vida sufriendo las consecuencias de lo que hiciste.

La mirada de Rivera abandona la cortina y se vuelve a posar sobre el cañón de la pistola. Al verla, se cruza de brazos con un gesto duro.

—¿Quién es usted y quién le dio permiso para usar mi Colt? —dice con el tono seco de alguien acostumbrado a exigir explicaciones.

Raúl da dos pasos hacia adelante y le hunde la punta del cañón en la papada flácida.

—¿Encima te hacés el gracioso?

—De verdad, ¿quién es usted? —insiste Rivera—. Si me permite girarme, a lo mejor logro recordar.

Con un dedo nudoso, Rivera señala por encima de su hombro hacia la pared cubierta de *Post-it*.

Raúl se acerca y lee uno.

«Tengo dos hijas. La mayor se llama Amanda. La menor, Patricia».

Sin bajar la pistola, pasa a otro.

«Soy viudo desde 2006».

Lee varios más, al azar.

«Me gusta desayunar café con leche y galletitas».

«Vivo con Amanda, mi hija mayor».

«El pan lo compro en la panadería Don Bartolo. El resto se pone como piedra enseguida».

«Mi mujer se llamaba Celia».

«En 2011 me diagnosticaron Alzheimer».

Cuando lee este último, vuelve a mirar al viejo policía. Tiene la frente llena de gotitas de sudor y respira muy rápido.

—No sé quién es usted ni por qué me apunta, pero necesito ir al baño.

Raúl mira su Rolex. Ya pasaron diez minutos desde que Amanda Rivera salió para el hospital. Pronto se convencerá de que su hermana no está internada y volverá a su casa.

El plan original era que Amanda se lo encontrara con un balazo en la cabeza. Y aunque nunca creería que había sido un suicidio por la extraña llamada falsa desde el hospital, el arma de fuego que encontrarían los forenses en la mano del comisario estaría, o al menos habría estado hacía años, registrada a su nombre.

Pero, viendo el panorama, un balazo sería hacerle un favor a este viejo gagá. Y recriminarle cualquier cosa, o incluso lastimarlo, no serviría de nada. ¿De qué vale la venganza si el que la recibe no está consciente para sufrirla?

—Andá al baño, que si te meás te tiene que cambiar tu hija —dice por fin, aunque sabe que la mella que haga en la dignidad de Manuel Rivera se perderá al instante en su memoria rota.

Sin apagar la luz, Raúl sale de la habitación y de la casa. Trota hasta la esquina y, antes de perder de vista la casa del comisario, mira hacia atrás por última vez. La calle sigue en silencio.

Camina hacia la playa de Punta Cascajo sintiendo ganas de llorar. Más derrotas. No haber tenido el valor de obligar a Graciela a tomarse las pastillas es una cosa, pero no animarse a dispararle al responsable de que su familia haya pasado décadas dentro de una pesadilla le hace sentir asco de sí mismo.

Para cuando llega a la playa, se ha convencido de que lo que lleva años imaginando resultó ser imposible.

Haga lo que haga, no puede reparar el daño. De hecho, cada vez que lo intenta, lo único que consigue es empeorarlo. No le salió bien cuando decidió ocultar esos cien mil dólares a los secuestradores y tampoco le salió bien esta noche. Y en el medio, otras tantas. Al final parece que Graciela tiene razón y que es él quien tiene el problema grave.

La marea está alta. Detrás del rompeolas, una grúa iluminada por potentes focos apila contenedores en un barco enorme. Raúl se sienta en las piedras y cierra los párpados para empujar las lágrimas que se le acumulan en los ojos. Lo que estuvo a punto de hacer con Graciela es digno de un verdadero monstruo. De nazis, realmente. Nadie más experto que ellos en eliminar al enfermo y al deforme. Nadie más decidido a no permitir que el defectuoso perjudique al resto.

Pero si la humanidad aprendió algo de esa época, es que el mundo se convierte en un lugar mejor cuando el que se elimina es el monstruo.

Aprieta aún más los ojos y sube la pistola hasta que el metal helado del cañón le toca la garganta. Asiente enérgicamente con la cabeza, convencido de lo que está por hacer, y empuja la pistola aún más contra la carne temblorosa. Suelta un sollozo que está a mitad de camino entre la pena y la rabia.

Entonces le pide perdón en voz alta a Dani y a Graciela, inspira por la nariz y aprieta el gatillo.

Capítulo 35

Viernes, 7 de diciembre de 2018, 1:31 a. m.

Clic.

El fulminante no detona y la bala vieja se queda inerte en la recámara.

Un matemático habría concluido que Raúl tenía un diez por ciento de probabilidades de sobrevivir. Su profesora de yoga, en cambio, que todo sucede por un motivo.

Deja caer la pistola a sus pies, un metro más arriba de donde rompen las olas mansas. Se tira de espaldas sobre las piedras esperando a que su corazón deje de latir desbocado. El cielo está lleno de estrellas borrosas y oscilantes.

Por mucho que le pese, es incapaz de ser verdugo. Ni de sí mismo ni mucho menos de otros. Para eso, o se nace o no se es.

Automáticamente, esa última frase lo transporta treinta años atrás, a su primer día de trabajo en el hospital de Deseado. Acababa de dejar su puesto en la unidad de enfermería del Ejército para dedicarse al mundo civil. La directora del hospital, una avezada pediatra llamada Josefina Suils, lo había citado en su despacho para darle la bienvenida.

—Confío en que no perderá de vista que un hospital no es un cuartel, señor Ibáñez. Ni nuestros pacientes son soldados.

Raúl había asentido sin pronunciar palabra.

—Y en mi hospital el valor más importante de todos es la compasión. ¿Sabe de dónde viene la palabra compasión?

—No, señora Suils.

—Del griego. Significa «sufrir juntos» o «acompañar en el sufrimiento». El tiempo dirá si usted está hecho para pasarse la vida acompañando a otros en el sufrimiento. Para eso, o se nace o no se es.

Tumbado sobre las piedras, Raúl saca el teléfono del bolsillo y escribe un mensaje.

«Dani, estoy en Deseado. Duermo en la casa de una amiga. Paso a verte mañana al mediodía».

Entonces recoge el arma, se pone de pie y la tira al agua con todas sus fuerzas.

En el puerto, la grúa sigue cargando contenedores.

Vuelve a su antigua casa, desenrolla la bolsa de dormir y se acuesta sin poder dejar de pensar en el «o se nace o no se es» de la vieja Josefina Suils. Duerme poco y mal. Se levanta mucho antes de que la primera claridad del día empiece a colarse entre los postigos. Faltan como siete horas para el mediodía.

Desayuna un té con galletitas, sentado a la mesa del comedor. Frente a él puso una fuente grande y oxidada que encontró dentro del horno. Una a una, relee las páginas mecanografiadas en la Olivetti. Cuando termina, prende la primera con un encendedor y la deposita en la asadera oxidada. Antes de que se consuma, alimenta el pequeño fuego con la segunda página y así va encadenando las ochenta y siete hasta que solo quedan escamas grises que se deshacen al tocarlas. Sonríe ante la ironía: lo que empezó con ceniza termina en ceniza.

Pasa la mañana haciendo tiempo como puede. Intenta leer una novela, aunque solo logra deslizar la mirada por las letras sin lograr transformarlas en una historia. Se distrae un poco con el teléfono. Por lo menos, ya no tiene que ser cuidadoso con la batería. Lee las noticias de Buenos Aires y las de Bariloche. Completa algunos sudokus *online*. Revisa por primera vez en meses la carpeta de correo no deseado. Mientras tanto, va intercambiando algunos mensajes con Alejo, que sigue en Chile y hace poco fue abuelo. Su hermano le cuenta que este veinticuatro a la noche volverá a disfrazarse de Papá Noel, como lo hizo para Dani durante las cuatro navidades que pasaron juntos en Punta Arenas.

Cuando por fin se hacen las once y media, sale por la puerta de atrás arrastrando la valija.

Capítulo 36

Viernes, 7 de diciembre de 2018, 11:32 a. m.

El mediodía es agradable, casi sin viento. Prefiere ir a lo de Dani por la calle Ameghino que hacerlo por la San Martín. Es más subida, pero tiene menos probabilidades de encontrarse con alguien. Lo último que quiere es ponerse a charlar con un viejo conocido.

Camina los quinientos metros hasta la casa de su hijo y toca el timbre. Dani no tarda en abrir. Va en manga corta y tiene puesto un delantal en el que apenas se ve la cara de Mafalda debajo de tanta harina.

—¿Abriste una panadería y no me dijiste nada? —bromea él, soltando la valija para abrazarlo.

—No, te hice pasta casera. No hacía desde la última vez que viniste, así que puede ser que terminemos pidiendo pizzas.

Dani le corresponde el abrazo. Luego se separan un poco y su hijo le regala una de sus sonrisas preciosas. Una sonrisa que le recuerda a la Graciela de hace muchísimos años.

La casa huele a una salsa de tomate muy distinta a la que hace él con carne y pollo. La versión vegana de Dani tiene champiñones y especias que Raúl jamás escuchó nombrar. Es riquísima, sí, aunque Raúl siempre seguirá prefiriendo sus tallarines con estofado y queso rallado de verdad, no ese plástico hecho con soja que Dani compra por internet en Buenos Aires.

La guitarra y la voz de José Larralde brotan de un aparato cilíndrico sobre la mesa que se parece más a una granada de mano que a una radio. Dani saca su teléfono del bolsillo, toca algo y el volumen de la música baja.

—¿En qué momento se fue todo tan al carajo que necesitamos un teléfono hasta para bajarle el volumen a Larralde?

Su hijo suelta una carcajada y niega con la cabeza, como si Raúl no entendiera nada.

—¿Querés tomar algo, pa?

—¿Cerveza tenés?

—Negra solamente.

—Dale.

Dani trajina un poco en la cocina y trae una bandeja con algo para picar y dos vasos de cerveza.

—¿Por qué no me respondiste el mensaje? —le pregunta, extendiéndole uno.

—¿Qué mensaje?

—El último que te mandé. Te preguntaba en la casa de qué amiga te quedabas anoche.

—Por algo será —dice él forzando un tono cómplice.

Su hijo se encoge de hombros y señala un plato con un puré beis rodeado de bastoncitos de zanahoria.

—Humus —explica—. Es una pasta de garbanzo y ajo. Está buenísimo.

Dani recoge un poco en la punta de un trocito de zanahoria y lo levanta a la altura de los ojos, enseñándole a su padre cómo se lo lleva a la boca. Raúl sonríe al pensar que hace veinticinco años él le hacía un gesto similar a su hijo casi cada día.

—Está bien, entiendo que no me respondas el mensaje. Pero ¿por qué no me avisaste a qué hora exacta venías hoy? El mediodía puede querer decir las doce, o la una...

Antes de contestar prueba el humus. No está mal, pero él sigue pensando que a la cerveza es mejor acompañarla con maní salado.

—Porque no me gusta tener el teléfono pegado al culo como vos las veinticuatro horas.

En ese momento, como si estuviese planeado, la voz de Larralde se apaga y es reemplazada por una campanilla. Raúl se ríe por lo bajo al ver cómo su hijo se apresura a atender la llamada.

—Seguro que es una emergencia —bromea y se echa hacia atrás en la silla, dándole un trago a la cerveza.

—Hola —oye decir a su hijo, que se levanta y camina hacia la cocina—. Sí, soy yo. ¿Cómo? No, no puede ser, ¿cuándo?

Hay un silencio durante unos instantes. Cuando Dani vuelve a hablar, las palabras le salen entrecortadas.

—Voy ya mismo para allá.

En la cocina, Raúl encuentra a su hijo con ambas manos sobre la mesada de mármol y la frente apoyada en la alacena.

—¿Qué pasa, Dani?

—Mamá.

—¿Le pasó algo?

—Está muerta.

Capítulo 37

Viernes, 7 de diciembre de 2018, 12:27 p. m.

En la morgue del juzgado los recibe Luis Guerra, el forense.

—La encontraron en una playa, varios kilómetros al sur de la boca de la ría —les explica—. El reconocimiento va a ser duro, porque el cuerpo está muy hinchado. Estuvo muchas horas en el agua.

A pesar de la advertencia, Dani entra en shock cuando el forense abre la cremallera de la bolsa de plástico negra. Raúl lo abraza e intenta tranquilizarlo, guiándolo hacia la salida de la sala.

Pasan horas esperando en un banco hasta que Guerra termina la autopsia.

—Muerte por ahogamiento —concluye al reencontrarse con ellos.

—¿Y hacía falta abrirla para eso? —le reprocha Dani.

—Cuando se encuentra un cadáver en el agua, es importante descartar que alguien lo haya tirado ya sin vida. Por eso estamos obligados a realizar una autopsia.

Raúl asiente y con la mirada le pide al médico que no tenga en cuenta la hostilidad de su hijo. Luis Guerra niega con la cabeza, respondiéndole que no se preocupe.

—No pude evitar observar varias cicatrices en las muñecas. ¿Había intentado suicidarse antes?

Sin contestarle, Dani da media vuelta y echa a correr. Raúl le hace gestos a Guerra de que vuelve en un rato y se va detrás de su hijo.

Son casi las tres de la tarde cuando entran a la casa de Graciela. De día y con las luces apagadas, el comedor con sus postigos permanentemente cerrados tiene un aspecto más lúgubre aún que la noche anterior.

Dani barre con la mirada la mesa de madera rústica y la barra antes de internarse con grandes zancadas en el pasillo que da a las habitaciones. Raúl lo espera en el comedor y no puede evitar reparar en la taza limpia apoyada boca abajo en un escurridor de platos junto a la pileta. En la basura seguramente estarán los trozos de la otra.

—¡Me dejó una carta! —grita su hijo desde la habitación y reaparece a los pocos segundos con un sobre en la mano.

Se sienta en la misma silla que usó Raúl hace unas horas, abre el sobre y lee en silencio.

Querido Dani:

Al ponerme a escribir esta carta, lo primero que se me pasa por la cabeza es pedirte perdón. Pero, ojo, no por la decisión que tomo hoy. Al contrario, en todo caso debería disculparme por no haberla tomado antes.

Quiero disculparme por no haber podido estar nunca al cien por cien, acompañándote. Por haber sido un lastre toda tu vida. Por encerrarme a llorar cuando lo que debería haber hecho era jugar con vos y darte las sonrisas que te merecías.

Dani, querido, lo que hago hoy no tiene nada que ver con el amor que te tengo. Vos y yo sabemos que ya lo intentamos todo, pero para lo mío no hay psicólogo, psiquiatra ni técnica de meditación que valga. Y ya son muchos años así. Muchísimos.

Lo único que me falta para poder irme en paz es contarte mi historia, que siempre les escondí tanto a vos como a tu padre. Hoy no estoy segura de que haya sido la decisión correcta.

Como ya sabés, nací en San Rafael, Mendoza. Visitalo algún día si podés, porque es precioso y el vino es exquisito.

Nunca supe quién fue mi papá. Ni siquiera estoy segura de que mi propia madre lo tuviera muy claro. Era una mujer que tenía muchos problemas con las drogas y además era alcohólica. Empezaba con la cerveza a media mañana y no paraba en todo el día.

Por suerte, yo me crie en la casa de nuestra vecina Amelia, que reconoció pronto la incapacidad de mi mamá y me trató como a su propia hija. Digamos que Amelia desempeñó el papel de madre y mi madre, el de una tía que vive cerca pero ves poco.

Antes de que yo cumpliera los nueve años, la pobre Amelia se enfermó y tuve que volver a la casa de mi mamá. A partir de ese momento me crie prácticamente sola.

La vida en esa casa era muy diferente a la que yo había conocido con Amelia. Casi cada noche a mi mamá la venían a visitar hombres y ella me obligaba a encerrarme en mi habitación. Nunca supe si era prostituta, si esos tipos eran otros adictos como ella, o las dos cosas.

Al contrario de lo que te puedas estar imaginando, no sufrí ningún abuso sexual durante esos años. Estuvo cerca un par de veces, cuando en medio de la madrugada alguno de los compañeros de mi mamá intentó girar el picaporte de mi habitación mientras ella dormía, pero yo no me olvidaba nunca de darle dos vueltas a la llave antes de irme a la cama.

Cuando tenía doce años a mi mamá la internaron por una sobredosis. Entonces la Justicia le quitó mi custodia y me llevaron a un reformatorio. Bueno, ellos le decían «Hogar de niñas».

Te podría contar un montón de cosas feas que me pasaron en ese lugar, pero prefiero centrarme en lo bueno: siempre tuve un plato de comida y pude terminar la secundaria.

Cuando cumplí los dieciocho, me tuve que ir. En mi último día, la administradora del reformatorio me llamó a su oficina y me hizo dos favores enormes. Uno fue decirme, sin pelos en la lengua, que fuera consciente de que me habían tocado unas cartas de mierda en la vida y que la única posibilidad de cambiar mi suerte era estudiando. El otro fue anunciarme que me había conseguido trabajo limpiando la casa y la bodega de un viticultor.

Así empecé mi vida adulta. El sueldo me alcanzaba para poco más que una habitación en una pensión horrorosa, aunque por fin tenía mi espacio. Tardé pocos meses en darme cuenta de que la administradora tenía razón. Si no estudiaba, lo más probable era que me pasara el resto de mi vida barriendo bodegas oscuras y vendimiando. Así que me decidí a empezar magisterio.

Fueron tres años difíciles, porque el trabajo apenas me dejaba tiempo para estudiar. Nunca logré aprobar ninguna materia con más de siete, aunque siempre me quedó la duda de si fue por falta de horas o de inteligencia.

Lo cierto es que logré terminar los estudios y al poco tiempo ya estaba dando clases en una escuelita. Fue una época bonita, en la que tuve la ilusión de que mi vida podía tener un transcurso feliz. Estuve noviando con un chico durante casi un año y después con otro unos meses, pero con ninguno de los dos funcionó.

Cuando rompí con el segundo, me invadió una sensación de vacío inmensa, totalmente desproporcionada para lo que había sido el noviazgo. Esa fue la primera vez que sospeché que algo en mi cabeza no estaba bien. Me pasé dos semanas enteras tirada en la cama, pensando en todo lo feo que me había pasado en la vida.

Solo encontré una cosa capaz de causarme la suficiente ilusión como para levantarme: cumplir mi sueño de viajar al sur.

Me acuerdo como si fuera hoy que agarré un mapa de la Argentina y, después de mirar un montón de pueblitos, me decidí por Puerto Deseado. Con un nombre así era imposible no elegirlo, así que me vine sin pensarlo mucho. Al año de estar acá, durante el Mundial del 90, conocí a tu papá. Esa parte ya la sabés.

Como verás, hijo, si nunca le conté mi historia a tu padre fue porque no quise que me tuviera lástima. Aunque, con lo que vino después, me la tuvo igual.

Me refiero a que en agosto del 91 me pasó algo muy feo. Nunca te contamos la verdad sobre por qué naciste en Chile. No nos fuimos de Deseado por las cenizas del Hudson, como siempre te dijimos. Hay una historia muchísimo más oscura detrás, que creo que fue el golpe de gracia que me terminó de enterrar en el agujero de la depresión crónica.

El mismo día que entró en erupción el volcán, me secuestraron. Sufrí mucho e hice cosas de las que no me creía capaz. Pedile a tu papá que te cuente todo lo que pasó esos días. Decile que te hable de los dólares, de los hermanos Contreras y de lo que hicimos en el galpón del ferrocarril. Quizá conociendo esta historia puedas entenderme aunque sea un poquito.

Hijo querido, después de todo lo que me has acompañado, sé que no es necesario que te recuerde esto, pero necesito hacerlo para quedarme tranquila: lo mío nunca fue una decisión sino una enfermedad.

Cuando un enfermo terminal decide que ya no quiere sufrir más e interrumpe el tratamiento médico, la gente lo entiende. Dicen: «Pobre, ya lleva mucho tiempo así. Eso no es vida». Bueno, yo llevo casi treinta años llorando cada noche. No es culpa tuya ni de tu padre. Y aunque es probable que los momentos horribles que me tocó vivir hayan tenido algo que ver, hay gente que se sobrepone a cosas mucho peores. Sea como sea, esta enfermedad hoy me gana la batalla.

Quiero que sepas que sos un hijo excelente. Fuiste el responsable de los pocos momentos lindos que mi condición me permitió disfrutar. Gracias por eso, hijito.

Cuidá a tu padre. Te quiere tanto como yo.

Hasta siempre.

Mamá

Capítulo 38

Viernes, 7 de diciembre de 2018, 23:53 p. m.

Acostado en una cama estrecha, Raúl recorre con la mirada el techo de la habitación de invitados de la casa de Dani. Los ojos se le acostumbraron a la penumbra y ahora puede distinguir las vetas nudosas de la madera. Su mano no para de deslizarse sobre la pared, como si la acariciara. Del otro lado está la habitación de su hijo. Se lo imagina con la luz encendida, releyendo una vez más las palabras de su madre.

Para Raúl, en cambio, no hay carta. Graciela decidió llevarse a la tumba ciertas respuestas, y él ya nunca sabrá todo lo que pasó durante esas cuarenta horas hace veintisiete años.

Quisiera odiarla por eso. Por no contarle nunca si la violaron. Por no hablar y dejarse ayudar más. Pero no puede. No la odia porque en el fondo sospecha que en su lugar él hubiera hecho lo mismo.

Es cierto que ahora nunca sabrá qué desencadenó la tormenta en la cabeza de Graciela. Pero ¿importa? ¿Sería diferente su historia si ahora se enterara de todo? ¿Es relevante si fue una violación lo que disparó su enfermedad mental o si *solamente* se debió a haber sufrido una mutilación y haber quemado vivas a dos personas? Cuando alguien tiene un tajo en el vientre y las tripas colgando, ¿qué más da el tamaño del cuchillo?

Se imagina las dos cartas que Graciela no le dejó. En una, le confiesa que Dani podría ser hijo de uno de los Contreras. En la otra, que no sufrió ningún abuso sexual. Piensa en esos dos universos alternativos y concluye que su historia, la de él, continuaría igual. En los dos universos odia a los Contreras y a Rivera.

En los dos quiere con locura a su hijo.

Y en los dos cierra los ojos, como ahora, y desea con todo su corazón que Graciela haya encontrado por fin algo de paz.

Capítulo 39

Publicado en el diario El orden *el sábado,*
8 de diciembre de 2018

Suicidio en las aguas de nuestra ría

Durante la madrugada del pasado viernes, una mujer de cincuenta y cuatro años se quitó la vida tirándose al agua de la ría Deseado. El cuerpo, que habría estado más de ocho horas sumergido, apareció a veinticinco kiló-metros del punto de entra-da. Al parecer, la víctima no sabía nadar.

Durante la mañana de ayer, el peón de campo Joaquín Estrada se encon-traba rodeando ovejas en la estancia El Atardecer, para la que trabaja, cuando le pareció ver un cuerpo extendido boca abajo sobre el canto rodado de una de las playas del mencionado establecimiento ganadero. Al cerciorarse de que se trataba de un cadáver, Estrada volvió a la casa de la estancia y dio el parte por radio a las autoridades.

«Se trata de una mujer de cincuenta y cuatro años, oriunda de nuestra localidad», confirmó Rodolfo Lamuedra, comisario de Puerto Deseado.

Según fuentes cercanas a esta redacción, el cuerpo habría flotado entre ocho y diez horas a la deriva. Se estima que la corriente lo arrastró unos veinticinco kilómetros hacia el sur hasta depositarlo en una de las playas de El Atardecer.

La mujer habría entrado al agua en Punta Cascajo, donde fue encontrado su teléfono. A pesar de que esta saliente de tierra entre el club náutico y la costanera de Puerto Deseado es elegida por muchos pescadores de la localidad, se presume que, a la hora a la que la fallecida se metió al agua, la playa se encontraba absolutamente desierta.

«Los seis metros que tenemos de diferencia de mareas producen corrientes muy fuertes cuando el agua entra o sale de la ría», explicó Fabio Guebel, entusiasta del kayak y pionero del windsurf en nuestra localidad. «Punta Cascajo es un punto particularmente peligroso, ya que la saliente interrumpe el curso normal del agua, formando remolinos. No es la primera vez que alguien se ahoga ahí. El lugar está señalizado hace años con un cartel de prohibido bañarse».

Por el momento, las autoridades no han revelado la identidad de la víctima. Según fuentes cercanas a esta redacción, la mujer sufría de depresión clínica desde hacía años e incluso había estado internada en dos ocasiones en hospitales psiquiátricos de Buenos Aires.

Capítulo 40

Miércoles, 9 de enero de 2019, 12:55 p. m.

Un mes después del entierro de Graciela, Raúl está frente a un autobús de dos pisos. El motor del vehículo ronronea bajo el techo alto de la terminal de Puerto Deseado.

—Ya tendrías que subir. Sale en cinco minutos —le dice Dani mirando la hora en su teléfono.

—Sí. Ahora subo. Igual seguro que sale tarde —responde Raúl.

Mira a su hijo, sonríe y le pone la mano sobre la nuca. Quiere decir algo. *Debe* decir algo, pero no le sale una sola palabra. Durante el último mes, el tiempo más largo que pasaron juntos desde que Dani terminó la secundaria, ya hablaron lo suficiente.

El día de la muerte de Graciela, Dani le mostró la carta y le preguntó por el secuestro. Entonces él decidió honrar el deseo de su exmujer y relatarle en detalle lo que pasó durante esas cuarenta horas.

Le contó todo tal y como lo había mecanografiado, sin guardarse ni siquiera las partes más duras. Le explicó quiénes eran Jacinto y Federico Contreras y cómo habían muerto. También le confesó el verdadero motivo de haberse ido de Deseado en el 91 y de dónde había salido el capital inicial para la empresa de soldadura en Punta Arenas que los había hecho ricos. Naturalmente, de aquel relato inicial a Dani le surgieron mil preguntas, y Raúl las contestó una por una a lo largo de días.

Solo decidió ocultarle que la fecha de su concepción coincidía con la semana del secuestro. Lo último que necesita Dani en este momento es una duda.

—Che, papi…

—¿Sí? —se apresura a decir.

—¿Vos pensás que soy muy viejo para volver a la facultad?

—¿Viejo vos? —ríe—. Entonces, ¿qué queda para mí?

Hay un silencio entre los dos, puntuado por el sonido neumático de la puerta del chofer al cerrarse.

—No sabía que habías dejado Biología —dice él, intentando que no suene a reproche.

—No dejé, sigo. Me refiero a volver a la Facultad de Veterinaria. Estuve mirando en internet, y entre el año que hice en Rosario más las materias que aprobé a distancia para Biología, creo que tengo hasta segundo completo. Si me pongo las pilas, en tres o cuatro años podría ser veterinario.

A Raúl le asoma una sonrisa en la cara, pero intenta moderarla para no generarle presión a su hijo.

—Me parece una idea genial —dice—. Siempre fue tu sueño.

Va a agregar algo más, pero se reprime, porque sabe que las próximas palabras le van a salir entrecortadas.

—No sé, es una idea. Lo tengo que pensar, y fijarme en…

—Si no lo hacés ahora, te vas a arrepentir el resto de tu vida.

A la mierda la cautela.

—El curso empieza en marzo —se entusiasma Dani—. Puedo aprovechar estos tres meses para ir preparando alguna materia y presentarme al examen como libre. Y también para dejar todo listo acá.

—Contá conmigo para lo que sea. Vos sabés que sería una alegría para mí pagarte los estudios. Es la mejor herencia que te puedo dejar.

—No me vendría mal una mano, la verdad. Pero quiero trabajar mientras estudio. Ya no tengo edad para hacer vida de estudiante.

Raúl siente ganas de reír y de preguntarle si se da cuenta de lo ridículo que es lo que acaba de decir. ¿Desde cuándo alguien de veintiséis años puede plantearse que ya no tiene edad para algo? Pero no le dice nada de eso, sino que asiente con la cabeza como si el razonamiento de Dani se alineara perfectamente con el suyo.

—Entre lo que gane con mi trabajo y el alquiler de la casa de mamá, voy a tener suficiente.

—Si te parece bien y no te ofende —ofrece Raúl con una sonrisa—, te podés quedar con el alquiler de tu casa. Y también la de abajo.

Con «tu casa», se refiere a la casa en la que vive Dani ahora, que es de Raúl.

—¿Seguro? ¿La de abajo también?

—Claro. Habría que arreglarla, porque lleva diez años prácticamente abandonada. Pero no te preocupes que yo me encargo.

Dani se queda en silencio y agacha la vista. Parece concentrado en las puntas de goma de sus zapatillas.

—¿Qué pasa, hijo?

—Nada. Que mamá no quería saber nada con alquilar esa casa desde que se murió el bebé de los últimos inquilinos.

—Tu mamá creía mucho en que los lugares estaban cargados de energía; algunos positiva, otros negativa.

—¿Y vos qué pensás?

Niega con la cabeza.

—Para mí son paredes con un techo arriba. Nada más.

—Para mí también —coincide su hijo—. Cada vez que paso por enfrente pienso que es un desperdicio que esté así, abandonada. Si la alquilamos, no solo genera otro ingreso sino que deja de deteriorarse.

—Estoy de acuerdo, pero hay algo que no me termina de cerrar.

—¿Qué?

—Si alquilás las tres casas, ¿adónde te vas a quedar cuando vuelvas de vacaciones a Deseado?

—No sé, en lo de algún amigo. Igual, tampoco creo que vuelva mucho.

—La verdad, hacés bien. Cerca de Rosario tenés miles de lugares preciosos para visitar en verano. Aprovechalo.

—Esta vez no me voy a ir a Rosario, pa.

—¿Ah, no? ¿Y adónde entonces?

—A Bariloche.

Se queda petrificado. Eso sí que no se lo esperaba. Su boca repite de manera casi involuntaria las palabras de su hijo.

—A Bariloche…

—Sí, así estoy más cerca tuyo. ¿Qué son dos horitas en auto?

Su única respuesta es abrazarlo con toda su fuerza.

Entonces sí, apoyado en el hombro de Dani, se entrega a un llanto desconsolado. Un llanto lleno de culpa, de dolor y de arrepentimiento en el que las lágrimas vienen acompañadas de imágenes horribles que tuvo que revivir para escribirlas en ochenta y siete páginas que ahora no son más que ceniza. Lo abraza aún más fuerte, deseando detener el tiempo.

Dani le acaricia la cabeza y le da un beso en la mejilla empapada.

—Te quiero mucho, papá.

De la congoja aflora un brote tímido de alegría. Y Raúl se da cuenta de que en ese instante, con esas palabras de su hijo, algo acaba de cambiar.

Ya no está pensando en las páginas que quemó. Ahora su mente fantasea con las que Dani escribirá a partir de hoy.

Agradecimientos

Antes y durante la escritura de esta novela, mucha gente tuvo la generosidad de ayudarme. Me gustaría dar las gracias a todos ellos.

En primer lugar, a Trini, mi persona favorita. Por confiar en mí siempre, por empujarme, ayudarme y, sobre todo, por instalar su risa inconfundible en mi vida. Sin ella, todo sería tan gris como Puerto Deseado en agosto de 1991.

A los que tuvieron la paciencia de leer los primeros borradores de esta historia: Trini, Mónica García, Norberto Perfumo, Ángela Blasiyh, Christine Douesnel, Marcelo Rondini, Rolando Martínez Peck, Javier

Debarnot, Celeste Cortés, Andrés Lomeña, Luis Paz, Lucas Rojas, Analía Vega, Gemma Herrero Virto, José de la Rosa, Ana Barreiro, Estela Lamas y Carlos Ferrari.

Por otra parte, quiero agradecer a Rolando Martínez Peck, por facilitarme gran cantidad de información sobre la erupción del Hudson y las consecuencias en la zona norte de la provincia de Santa Cruz. También por sus detalladas descripciones de los efectos de los fármacos en los perros.

Como siempre, al gran Hugo Giovannoni, por sus clases magistrales, teóricas y prácticas, sobre armas de fuego.

A Luis Paz y a Celeste Cortés, a quienes ametrallé a preguntas sobre antidepresivos, sobredosis y muchos otros aspectos de la ciencia forense.

A mi gran amigo Adrián Altamirano, por compartir conmigo su vasto conocimiento de la industria petrolera en la Patagonia.

A Javier Quintomán, por facilitarme filmaciones (espeluznantes, por cierto) de aquellos días, y a Ricardo Pérez, por aclararme el origen del nombre de la Cueva de los Leones.

A todos los que se abrieron para hablar de un tema tan delicado como la depresión, sin duda uno de los grandes males de nuestro tiempo.

Por último, quiero agradecer a toda la gente que me hizo llegar sus anécdotas y recuerdos de aquella época. En especial, a la señora Mirna Martín, por sus detallados relatos del día a día durante aquel agosto, pero también a: Jorge Cudugnello, Mario Santillán, Carlos Vera, María Alejandra López, Estela Lamas, Juan Carlos Jaramillo, Sebacar, Diana Ponce, Mariana Calvo, Raúl Coppa, Elizabeth Weber, Nélida *Coca* Rodríguez, Mónica Ojeda, Gastón Giuliani, Cristian Hermosilla, Paula Lencina, Juan Pablo Melián, Jésica Gómez, Grisel Bueno, Marisa Mansilla, Luz del Sur, Carolina González, Adriana Ortigoza, Noelia Vega, Mario Cambi, Bruno Reichert, Jimena Fuentealba, María Inés Mercado, Ethel RV, Estela Bach, Nelson González, Nanny Paini, Lucía Gerez, Pinky, Cyn Méndez, Nani Hernández, Constanza Patek Cittanti, Celia Elizondo, Silvana Ferreyra, Betty San, Patricia Leyton, Alfredo Hidalgo, Néstor Juanola, Fabiana Álvarez, Liliana Bartomeo, Alejandrina Godoi, María del Carmen Pereira, Ricardo Ayenao, Ana Laura Nahuelpan, Cristian Contreras, Silvana Aravales, Rodrigo F., Claudia Barra, Débora Rizzo, Lorena Rañil Silva, Hugo Gandolgo y Martha Colo.

Espero no haberme olvidado de ninguno.